Anekdoten aus Ostfriesland

Gesammelt und niedergeschrieben
von Gerhard Eckart

Husum

Umschlagbild: G Schöbel, Norderney, Kaiserstraße und Lesehalle

Bibliografische Information der Deutschen Nationalbibliothek

Die Deutsche Nationalbibliothek verzeichnet diese Publikation in der Deutschen Nationalbibliografie; detaillierte bibliografische Daten sind im Internet über http://dnb.dnb.de abrufbar.

2. Auflage 2014

Gesamtherstellung: Husum Druck- und Verlagsgesellschaft
Postfach 1480, D-25804 Husum – www.verlagsgruppe.de

ISBN 978-3-88042-845-4

Das sind die Ostfriesen!

„Wenn ich aber sage: die vornehme Welt, so verstehe ich nicht darunter die guten Bürger Ostfrieslands, ein Volk, das flach und nüchtern ist wie der Boden, den es bewohnt, das weder singen noch pfeifen kann, aber dennoch ein Talent besitzt, das besser ist als alle Triller und Schnurrpfeifereien, ein Talent, das den Menschen adelt und über jene windigen Dienstseelen erhebt, die allein edel zu sein wähnen, ich meine das Talent der Freiheit. Schlägt das Herz für Freiheit, so ist ein solcher Schlag des Herzens ebenso gut wie ein Ritterschlag, und das wissen die freien Friesen."

Heinrich Heine, in „Reisebilder" (Die Nordsee, 1826)

„Bekanntlich oder auch nicht bekannt ist der echte Ostfriese an drei Eigenschaften zu erkennen: er kennt keine Berge, er streicht sich Butter auf den Napfkuchen, und er lässt alle Türen hinter sich offen."

Hans Fallada, in „Damals bei uns Daheim" (1941)

Ostfriesland, wie es leibt und lebt

Wenn Sie dieses Büchlein zur Hand nehmen, um die neuesten (oder ältesten) Ostfriesenwitze zu lesen, muss ich Sie enttäuschen. Auch wenn diese Witze immerhin Ostfriesland bekannter gemacht haben, als es ohne Witze war, finden Sie hier keine böswilligen Unterstellungen auf ostfriesische Kosten, sondern Anekdoten. Also kleine wahrhaftige Geschichten von bekannten oder weniger bekannten Ostfriesen. Zugleich ein Spiegelbild von Land und Leuten, das dieser Landschaft gerechter wird als die überheblichen Witze über die – angebliche – Dummheit der Ostfriesen. Allerdings: zu lächeln oder zu schmunzeln gibt es hier auch allerlei, sodass hier kein gekränkter Ostfriese das Bild seiner Landsleute verschönern oder in ein besseres Licht setzen will. Ich stamme nicht aus Ostfriesland und wohne auch nicht hier. Aber ich gebe zu, dass ich gern hier aufs Festland oder auf die Inseln zu Besuch komme, wo man mir die eine oder andere der hier geschilderten Anekdoten erzählt hat, während ich andere aus vielen unterschiedlichen Quellen aufgespürt habe und hier mit Vergnügen wiedergebe.
In der Tat: Ostfriesland mit seiner bunt schillernden Vergangenheit, seinen Häuptlingen und Fischern, seinen Originalen und Dichtern, seinen Sitten und seinem Platt und so gegensätzlichen „Helden“ wie dem Fräulein Maria und dem Klaus Störtebeker steckt voller Anekdoten. Sie zu erzählen, hat mir beim Schreiben viel Spaß gemacht. Ich kann nur hoffen, dass Sie beim Lesen ebenso viel Vergnügen empfinden. Und vor allem: dass Sie künftig ein wenig mehr von Ostfriesland wissen und seinen Menschen und Landschaften aufgeschlossener begegnen. Vielleicht aber – auch falls Sie Ostfriese sind und einmal ein anderes Bild von Ihrer Heimat erhalten wollen – halten Sie sich an eine landestypische Bestätigung: Mookt wi. Viel Spaß dabei!

G. E.

Aus dem Alltag von gestern und heute

Ostfriese sein, ist Schicksal

Pädagoge FRIEDEMANN RAST, Verfasser von (u. a.) einem Ostfriesland-Führer, möge es mit Nachsicht aufnehmen, dass wir eine von ihm berichtete Geschichte ob ihrer Sinnfälligkeit in neuer Fassung hier wiedergeben!
An Bürgermeister in kleinen ostfriesischen Dörfern treten manchmal schwierige Aufgaben heran. So hatte einer ein Formular vor sich liegen, das er für einen nicht allzu schreibkundigen Mitbürger ausfüllen musste. Ohne Schwierigkeiten ließen sich Name, Vorname, Geburtstag, Geburtsort verzeichnen. Aber dann kam ein Punkt, der den Bürgermeister in beträchtliche Ratlosigkeit versetzte. Was war wohl gemeint mit dem Stichwort: „Allgemeines Lebensschicksal"? Nach einigem Kopfzerbrechen kam ihm der erleuchtende Einfall, wie er die Rubrik am besten ausfüllen konnte: „Allgemeines Lebensschicksal? – Er ist Ostfriese."

Überhaupt keine Landschaft

HENRI NANNEN (1913–1998, gründete 1948 den „Stern") fühlte sich so eng mit Emden verbunden, dass er sein „Haus der Kunst" mit den von ihm gesammelten Bildern hier „am Ende der Welt" errichtete. Als er seine Frau Martha Kimm, die vom Fuß der Karpaten kam, zum ersten Mal nach Ostfriesland brachte, lautete deren Kommentar: „Das ist ja überhaupt keine Landschaft."

„Ich weiß nicht, wohin ich gehöre …“

Die bewegte Geschichte der Region Ostfriesland lässt sich am besten daran ablesen, welche Länder im Lauf des 19. Jahrhunderts sie in Besitz nahmen. Preußisch war Ostfriesland zwischen 1744 und 1806. Unter Napoleons Herrschaft gehörte zwischen 1806 und 1810 das Gebiet zum Königreich der Niederlande, das von Napoleonbruder Jérôme Bonaparte (1784–1860) bis 1810 regiert wurde. Das Ende der niederländischen Selbständigkeit ließ Ostfriesland (samt den Niederlanden) an Frankreich fallen. Als 1813 die französischen Soldaten im Herbst abmarschierten, war Preußen wieder Ostfrieslands Heimatstaat. Aber nur kurze Zeit. Der zweite Frieden von Paris ließ Ostfriesland 1815 ans Königreich Hannover fallen. 1866 war erneut Preußen an der Reihe, nach dessen Auflösung – als Folge des Zweiten Weltkrieges – Ostfriesland in das Land Niedersachsen einbezogen wurde. Was bei so viel Fluktuation aus dem Nationalstolz wurde, mag sich jeder selbst vor Augen halten. Wie in einem Kaleidoskop wechseln die Bilder.

Die Ostfriesen kamen noch einmal davon

Auch wenn wir ein trauriges Kapitel deutscher Vergangenheit nicht noch einmal aufrollen wollen, lässt sich nicht leugnen, dass ein ostfriesischer Landrat (der von Leer!) im Auftrag des Reichskommissars für die besetzten Niederlande die Provinz Groningen erheblich schikanierte. Kein Wunder, dass nach Kriegsende in den Niederlanden die Idee auftauchte, dass man einen „satten Brocken“ von Ostfriesland für die Niederlande in Besitz nehmen sollte. Es gab auch schon genaue Vorstellungen, woran man dachte. An die Insel Borkum, an das Rheiderland westlich der Ems und an einen stattlichen Küstenstreifen des Krummhörn nördlich der Stadt Emden.
Niemand wird es den Niederländern verübeln, dass sie mit solchen Gedanken liebäugelten. Aber zum Glück der Ostfriesen sahen die westlichen Siegermächte keinen Sinn darin, Ostfriesland zu teilen (auch wenn es anderswo rigoroser gehandhabt wurde). In ihrem Hauptquartier muss ein geschichtskundiger Experte gesessen sein, der von einer Teilung Ostfrieslands abriet. So verfolgten auch die

Niederländer ihre Absichten nicht länger. Ostfriesland blieb, wie ein plattdeutscher Spruch aus Schleswig-Holstein es ausdrückt, „up ewig ungedeelt". So kamen die Ostfriesen noch einmal heil davon. In jedem Fall will heute auf beiden Seiten der Grenze niemand mehr etwas davon wissen.

Viele Ostfriesen heißen Janssen

Schmidt, Müller und Schulze gehören zu den am meisten verbreiteten Namen in Deutschland. Auch Schneider und Meier (in unterschiedlichen Schreibweisen) stehen in der Spitzengruppe. In Ostfriesland sieht das anders aus.

Hier hat man bei der dank des Computers möglichen Auswertung von 180000 Familiennamen festgestellt, dass von 1000 Ostfriesen mehr als 30 den Namen Janssen haben. Nach der nicht zuletzt durch die Nachkriegsjahre entstandenen Mischung der Bevölkerung fehlen auch hier die Müller, Meier und Schmidt nicht. Aber dann wird es mit Hinrichs, Harms und Gerdes schon wieder ostfriesisch. Wie auch mit den erst nach der 50. Stelle folgenden Ulferts, Eilts, Lübben, Bents, Otten, Poppinga, Remmes, Ubben oder Uphoff. Auch ein Beweis für das Durcheinander der Bewohner Ostfrieslands. Dabei zeigen sich zwischen den ostfriesischen Regionen erhebliche Unterschiede. In Wittmund sind besonders viele Janssens (fast 62 von 1000!) heimisch. Auch die Hinrichs finden sich überdurchschnittlich in Wittmund. Ebenso andere typisch ostfriesische Namen, sodass es kaum zu viel gesagt ist, wenn der Kreis Wittmund (natürlich nicht wegen seines „Ostfriesenabiturs") am ostfriesischsten erscheint. So viel steht fest: Die Janssens dominieren in allen Teilen Ostfrieslands.

Sind die Ostfriesen sparsam oder geizig?

Auch in Ostfriesland schicken die Handwerker ihre Rechnung und hoffen auf baldige Bezahlung. Als da einmal einer einen Bauern daran erinnerte, war der durchaus nicht verlegen. „Du hast ganz Recht. Was du berechnet hast, stimmt haargenau. Das Geld dafür liegt auch schon in der Schublade. Aber lass mich doch noch eine Nacht dabei schlafen!" (Erzählt nach Ewald Christophers)

Ostfriesischer Morgentee

Aus England ist es jedermann bekannt, dass der Morgentee am und im Bett zu den Selbstverständlichkeiten gehört. Sogar im Hotel naht sich ein dienstbarer Geist, um den belebenden Trank am Bett zu servieren. Aber der Nicht-Ostfriese erfährt zu seinem Staunen, dass in Ostfriesland auch britische Sitten galten. „In den alten ostfriesischen Haushaltungen war es eine schöne Sitte, dass die erste Tasse Tee morgens ans Bett gebracht wurde; die Frau kredenzte sie ihrem Mann, es gab aber auch Fälle, wo der Mann, der ganz früh aus den Federn kroch, seine Frau damit erfreute. Waren Dienstboten im Hause, so war es dem ältesten Mädchen vorbehalten, der Herrschaft diesen Dienst zu erweisen." (Siefkes)

Kein Storchenwasser für Ostfriesentee

Als die Ostfriesen für ihren berühmten Tee noch das Wasser aus der Zisterne benützten, war ihnen der Storch kein allzu willkommener Gast auf dem Dach. Denn die Zisterne erhielt ihr vom Regen gespendetes frisches Wasser auf dem Weg vom Dach nach unten. Was aber wäre Tee ohne das richtige Wasser?!
Die Störche freilich, die hier wie überall gern auf dem Dachfirst ihr Nest anlegten, nahmen keine Rücksicht darauf, dass sie von oben den Inhalt der Zisterne ärgerlicherweise verschmutzten. Tee oder Storch,

das war in Ostfriesland die Frage. Die Ostfriesen lösten sie auf ihre Weise. Anstatt das Wagenrad als festen Untergrund für ein Storchennest auf den Dachfirst zu setzen, boten sie Meister Adebar einen Baum an. Und dem machte es wenig aus, dass er statt auf dem Dach auf einem Baumwipfel sein ostfriesisches Zuhause erhielt. So „brüten in Ostfriesland alle Störche auf Bäumen“ (Fritz Siedel). Da konnten sie, ohne das wichtige feine Teewasser zu verunreinigen, unbekümmert ihre Notdurft verrichten. Darauf keinen Dujardin, sondern ein Koppke duftenden und garantiert reinen Tee!

Lasst Zahlen sprechen!

Wie der gebürtige Ostfriese Friedemann Rast berichtet hat, hat ein Handbüchlein für Landfremde von Willi Bidermann („Grünkohl, Kluntjes und Watt“) das Rezept für einen perfekten Ostfriesentee durch bezifferte Zeichnungen und entsprechende Zahlen im Rezept selbst wiedergegeben. Das liest sich dann so:

„In 14 Wasser kochen.
1 mit heißem Wasser ausspülen.
Tee aus 5 in 1 geben (Pro Tasse ein Teelöffel voll)
Mit 12 Teil 13 entzünden und in 4 stellen.
1 mit kochendem Wasser füllen und auf 4 stellen;
zirka 10 Minuten ziehen lassen.
In 7 je nach Geschmack mit 2 3 geben;
falls die Stücke zu groß, mit 8 zerkleinern.
Inhalt von 1 durch 9 in 7 gießen.
Mit 10 den oberen Teil von 11 in 7 geben.
Prost Tee!
Falls kein Tee mehr gewünscht wird, 6 in die leere 7 stellen.“

Nun wissen Sie ganz genau, wie Tee gekocht werden muss. Und niemand muss sich noch wundern, woher die Ostfriesenwitze gekommen sind.

Das Wasser für den Tee

Ohne Wasser kein Tee. Das versteht sich von selbst. Allerdings: Brunnen- oder Leitungswasser blieb nur zweite Wahl (mancherorts bis heute) – Regenwasser hatte Vorrang!
„Tee van Püttwater – ha nee, de smeckt neet!“ So hieß lange das Glaubensbekenntnis der Ostfriesen. Regenwasser, ob rein oder „sauber“, aber unbedingt „weich“ musste es sein. Zumal wenn – wie weithin nach dem Krieg – das Wasser mit Chlor keimfrei gemacht worden war. Wie sollte damit ein wohlschmeckender Tee bereitet werden? In einem großen offenen Behälter, der Regenbacke, wurde das Nass vom Himmel gesammelt und in Eimer abgefüllt, die in Küchennähe bereitstanden. In den Eimern senkten sich etwaige Unsauberkeiten auf den Boden, und das Regenwasser gab dem Tee seinen unnachahmlichen Wohlgeschmack.

Tee fein im Aroma – Mahlzeiten eher derb und deftig

Beinahe rührend ist die Bemühung mancher Ostfriesen, ihren täglichen oder festlichen Mahlzeiten die Deftigkeit abzusprechen. Noch immer gilt – in der Stadt wie auf dem Land – die Erwartung: „Rechtschapen wat in't Lief un up de Ribbens.“ So scheuen sich die Ostfriesen auch nicht, bei offiziellen Anlässen einen Pökelbraten auf den Tisch zu bringen, wie es früher auf dem Schiff und auf dem Bauernhof Sitte war. Aber die Ostfriesen haben das Essen mit Recht mit einer Philosophie verbunden: „Bäter drög Brot in Rüst, as Wurst in Twist.“ Übersetzt: „Lieber trocken Brot in Eintracht als Wurst in Unfrieden.“ Diese ostfriesische Weisheit lässt sich jedenfalls leichter durchsetzen, als Nicht-Ostfriesen an Karmelksbre (Buttermilchbrei) oder getrocknete grüne Bohnen zu gewöhnen. Vielleicht wissen die Ostfriesen ganz gut, dass sie bei all ihrer feinen Zunge für den Tee mit manchem herkömmlichen Gericht wenig Staat machen können. Wo anders könnte man so leichtfertig eine Mahlzeit stehen lassen wie hier, wie das Lied verrät: „Wenn hier een Pott mit Bohnen steiht un dor een Pott mit Bree, denn lat ick Pott un Bohnen stahn und gah na mien Maree.“ In diesem Sinne: Guten Appetit!

Ostfriesen-Wein „Norder Goldkätzchen"

Dass in Ostfriesland Wein gekeltert wird, ist kein Witz. Ein von der Mosel nach Ostfriesland emigrierter Winzer namens PAUL THÖNNES hat 1988 in seinem Garten in der Stadt Norden nicht weniger als 300 Pfund Weintrauben Müller-Thurgau geerntet. Das könnte den überhaupt nördlichsten Wein ergeben haben, der unter dem Namen „Norder Goldkätzchen" in die Kehle von Paul Thönnes floss. Denn zu verkaufen wagte der Moseler Winzer in Norden seine „Spätlese" nicht. Es war lediglich „Ostfriesischer Privatwein" (Rast). Eigentlich eine Sache für das Guinness-Buch der Rekorde. Na denn Prost!

Queen Victoria und ihr Landwein

Zwei Orte streiten sich darum, welches der Schauplatz dieser Geschichte sein könnte. Als QUEEN VICTORIA (1837–1901) (irgendwann ...) im (damals) Hannoverschen unterwegs war, kredenzte man ihr auch ein flüssiges Erzeugnis der Gegend. Obwohl die Gastgeber das Glas gut gefüllt hatten, trank es die Königin ohne Zögern leer, was bei allen, die es miterlebten, Respekt auslöste. In einem Brief nach London teilte sie mit, man habe ihr einen leichten ostfriesischen Landwein angeboten. Jetzt kommt die Frage: war das nun der Steinhäger aus Steinhagen oder der Doornkaat „aus Kornsaat" aus Norden? So oder so: Wohl bekomm's!

Was bedeutet „Keerlelske"?

Schon mit dem „Moin – moin" tun sich Nicht-Ostfriesen schwer, weil viele meinen, es handle sich dabei um einen Morgengruß. Sogar mancher Rundfunksprecher meint, sich damit Liebkind bei den Ostfriesen machen zu können. Aber mit „Keerlelske" ist es noch schwieriger. Wilhelmine Siefkes, die (häufig) plattdeutsche Schriftstellerin, hat unter diesem Titel ein Hörspiel geschrieben. Dabei weist sie darauf hin, dass es sich um einen Begriff dreht, den in dieser sprachlichen Bezeichnung nur Ostfriesen kennen: die harte Frau, die aus falsch verstandener Pflichterfüllung, unbefriedigendem Lebenslauf oder unfrohem Charakter (oft mehreres zusammen) Mann und Kinder drangsaliert und ihnen das Leben zur Hölle macht.

Ein Pastor geht mit der Zeit

Für die entlegenen und oft weit voneinander liegenden Dörfer Ostfrieslands begann eine neue Zeit, als um die Jahrhundertwende das Fahrrad aufkam. Auch wenn die Wege das Fahren nicht immer zum Genuss machten. Vor allem: so ein Fahrrad konnten sich zuerst nur wenige leisten. Einerseits war es eine Sache für Begüterte. Andererseits war es unter der Würde der Menschen von Stand, sich so fortzubewegen. Wobei zuerst das Fahrrad für Damen wegen ihrer langen Röcke (und der Sittsamkeit) gar nicht in Frage kam.
Aber Schritt für Schritt eroberte das Fahrrad alle. Sogar Leers Pastor LINNEMANN hatte keine Scheu, das – wie es zuerst hieß – Veloziped zu besteigen und seine Schäflein, besonders die vom Land, in Verwirrung zu setzen. „Kopfschüttelnd", so Wilhelmine Siefkes in ihren „Erinnerungen", „wurde es zur Kenntnis genommen; dass ein Mann von geistlichem Rang auf solche Weise Aufsehen erregte, erschien ihnen doch wider alle Würde."

Ein Stuten schwindet

Wenn GEESKE, die Zugehfrau von Pastors, aus Backemoor nach Leer fuhr, was bei den schwierigen Verkehrsverhältnissen nur alle halben Jahre geschah, war viel zu transportieren. Vor allem vor Weihnachten häuften sich die notwendigen Besorgungen. Dabei ging es – ohne Last – hin zu Fuß, zurück – schwer beladen – mit der Bahn und dem Pferdebus jener Zeit.

Bäcker Brennstein hatte den Auftrag, für Geeske in den Vorweihnachtstagen einen mächtigen Korinthenstuten zu backen. Den holte sie zuerst ab, bevor sie die Rückfahrt antrat, aber sie hatte Mühe, ihn neben all den vielen Päckchen und Besorgungen zu verstauen. So ragte der bräunliche leckere Stuten appetitanregend aus dem großen Korb heraus und duftete durch das ganze Abteil – vierter Klasse versteht sich –, dass den anderen Fahrgästen das Wasser im Mund zusammenlief. Auch die jungen Leute, die Geeske auf der harten Holzbank einrahmten, konnten den Blick nicht von dem Stuten lassen, während der Korb an Geeskes Seite stand.
Plötzlich vernahm Geeske, die in ein Gespräch mit ihrem Gegenüber vertieft war, von einem der jungen Leute die begeisterten Worte: „Oh, wat lecker". Als Geeske ihren Blick auf den aus dem Korb ragenden Stuten warf, traute sie ihren Augen nicht. Einer ihrer Nachbarn schob sich eben ein Stück von Bäcker Brennsteins Stuten in den Mund, während der andere, der sein Taschenmesser gezückt hatte, schon dabei war, den Stuten noch weiter schwinden zu lassen. Geeskes Entsetzen ob solchem Mundraub war groß.
„O Heer", schrie sie auf, „wat fallt jo in – sünd ji mall worden?"
Die jungen Leute grinsten nur, und die Umsitzenden konnten ein schadenfrohes Lachen nicht unterdrücken. Aus dem lockenden Geschenk war plötzlich ein Alptraum geworden.
So hat es uns in ihren „Erinnerungen" Wilhelmine Siefkes erzählt.

Symbolischer Schmetterling

Das Eingangstor zu Wittmunds Friedhof zeigt ein Tier – ungewöhnlich für einen Friedhof. Es ist ein Schmetterling mit aufrecht gestellten Flügeln, aber – abgebrochenen Fühlern. Ist er nicht das Symbol für die Menschen, die hier ihre letzte Ruhe finden – ihrer Fühler, ihrer Gefühle beraubt und nur noch eine leibliche Hülle?!

Neujahrskuchen

Was in vielen Teilen Deutschlands die „Berliner“, die gefüllten oder ungefüllten, im schwimmenden Fett gebackenen Pfannkuchen, das sind für die Ostfriesen die Neujahrskuchen. Es gab kaum eine ostfriesische Familie, die dafür kein Waffeleisen hatte, wie sie früher im Feuer des mit Torf geheizten Herdes zum Backen dieser Waffeln dienten. Wilhelmine Siefkes hat das Backen der Neujahrskuchen lebendig geschildert. Es dauerte für zwei Familien einen ganzen Tag. Hören wir die Schriftstellerin: „Ich setzte mich schon morgens vor den Ofen, bis mein Bruder um 13 Uhr vom Dienst kam. Nach dem Essen – traditionsgemäß gab es Grünkohl – löste er mich ab ... Unser altehrwürdiger Herd wurde dabei ununterbrochen mit Torf geheizt, die Tür war weit geöffnet, das Eisen wurde abwechselnd auf die Glut gelegt und zum Ablegen und Füllen herausgehoben. ... Man saß auf einem für die Arbeit passenden Hocker, einem umgekippten mit Kissen gepolsterten Stuhl; und wenn man stundenlang so gehockt hatte, war man kreuzlahm.“

Am Ende waren immerhin 700 solche leckeren Waffeln gebacken und in Blechbüchsen und -trommeln verstaut. „Wir hatten dafür eine alte, grün gestrichene große Milchkanne, und noch tagelang hielt sich ein leichter Duft nach Kuchen im Hause.“ Wem läuft da nicht das Wasser im Munde zusammen? Heute hat man es leichter damit: die Waffeleisen sind elektrisch, und – wer weiß – mancherorts braucht man nur zum nächsten Bäcker zu gehen. Wer hat da noch Sehnsucht nach den alten Sitten?!

Adolf Grimme kam aus Leer

Als späterer Generaldirektor des NWDR und dadurch Namensgeber für den Adolf-Grimme-Preis ist ADOLF GRIMME (1889–1963) bekannt. Zwar war er kein gebürtiger Ostfriese, aber an Leers Gymnasium begann er als Studienassessor seine politische Laufbahn. Als religiöser Sozialist war er in den dreißiger Jahren preußischer Kultusminister und sorgte bereits in seiner Antrittsrede 1930 für Schlagzeilen. Er sei als Kultusminister, sagte der frühere Leerer Studienassessor, „Exponent einer Machtgruppe“, nämlich der SPD.

Was leider nichts daran änderte, dass er 1932 mit der Regierung Braun-Severing widerstandslos aufgab, als von Papen in Preußen die Macht übernahm. Abermals Kultusminister war er von 1946–48 für Niedersachsen und damit auch wieder für Ostfriesland, bis ihn die Briten als NWDR-Generaldirektor einsetzten. In dieser Stellung ist es ihm zu verdanken, dass der NWDR das vor dem Krieg begonnene Fernsehen erneuerte und entwickelte. Am 25. September 1950 eröffnete er in einer Pressekonferenz das Programm des NWDR-Fernsehens.

Schröder schaffte es doch nicht

Der von einer Familie aus Ostfriesland stammende GERHARD SCHRÖDER (1910–1989) war in den fünfziger und sechziger Jahren als Innenminister (1953–1961) und Außenminister (1961–1966) der protestantische Gegenpol zu Konrad Adenauer. Mit Vorliebe pflegte Adenauer – nicht sehr taktvoll – bei gemeinsamen Auftritten mit Schröder zu erklären: „Stellen Sie sich vor, er möchte gern auf meinen Stuhl als Kanzler." Schröder konnte dazu nur gequält lächeln. Weder konnte er bestätigen, was Adenauer behauptete, noch es abstreiten. Aber die Ereignisse gingen über Schröders Ehrgeiz hinweg. Er schaffte es nicht. So hat die Bundesrepublik Deutschland keinen ostfriesischen Bundeskanzler bekommen.

Warum eigentlich „Henri"?

Nein, ein bodenständig ostfriesischer Vorname ist „Henri" nicht, auch wenn das ausländische y durch ein i ersetzt wurde. HENRI NANNEN (1913–1998), „Stern"-Gründer und Museumsschöpfer aus Emden, hat es erklärt. Eigentlich sollte er „Hinderk" heißen. Aber Nannen-Vater, der sich aus kleinen Verhältnissen nach oben gearbeitet hatte, erschien das „zu gewöhnlich". Also kam man zu einem zwar ähnlichen, aber erheblich „feineren" Namen. Vielleicht hatte der Vater die Hoffnung oder Ahnung, dass sein neugeborener Sohn etwas Besonderes werden würde, zu dem Henri besser passte als Hinderk!

Der echte „Ostfriesen-Dackel"

Sicher wird mancher bei der Überlegung, welche Hunderasse wohl einer Beziehung zu Ostfriesland würdig wäre, auf den Dackel getippt haben. So ist es in der Tat. Und zwar ein Rauhaardackel „in ostfriesischem Schlag", wie ihn vor 80 Jahren Förster KLOTZ in Hesels Klosterort Barthe gezüchtet hat und wie er bis heute von Sohn Klotz gehalten und angeboten wird. So hat es jedenfalls Friedemann Rast berichtet. Denn in Hesel besteht Deutschlands älteste Dackelzucht. Wie sieht denn nun dieser echte „Ostfriesen-Dackel" aus?
Es ist ein Rauhaardackel, der sich saufarben zeigt und zu dem wuscheligen Fell einen „ostfriesisch braiten Schädel" aufweist. Leicht soll er außerdem sein: nicht mehr als fünf Kilogramm Gewicht und gegenüber den länger geratenen sonstigen Dackelvertretern eher gedrungen. Wer sich einen solchen vierbeinigen Ostfriesen ins Haus nehmen will, muss ihn – darauf besteht die Klotzfamilie – an Ort und Stelle abholen, da dem kleinen Dackel der Schock eines Postversands erspart bleiben soll. Wenn schon Dackel, dann „in ostfriesischem Schlag" – das wäre eine Anregung für Hundefreunde!

Handfeste Ostfriesen-Beschimpfung

Die Entstehung des Gedichts, das der zu seinem Leidwesen nach Aurich verschlagene Leutnant VON DÜRING 1853 niederschrieb und sogar in der Lokalzeitung erscheinen ließ, liegt so lange zurück, dass sich niemand mehr getroffen fühlen muss. Vielleicht – darf man das heute sagen? – steckt in der einen oder andere Sottise ein Fünkchen Wahrheit. Wer „Ostfrisia" wie der von Düring als „Land des Drecks" vorstellte, hatte wohl schlimme Erfahrungen gemacht, die er in Versform schildern musste:

„Hier reden nicht mit menschlich sanften Zungen
die Leute fein, gesittet, gut und still,
Nein, rau ertönet aus den rausten Lungen
ein grässlich babylonisches Gebrüll.
Verscheucht entfloh'n aus diesem Lande
selbst die Kultur, die Welteroberin.
Hier knüpfte Amor keine Liebesbande,
und selbst Apoll lässt keinen Samen blüh'n."

Zu allem Überfluss haben auch die ostfriesischen Mädchen und Frauen dem frustrierten Leutnant keine Avancen gemacht, sodass er resignierend feststellt:

„Die Weiber schreiten hier auf Riesenfüßen,
das Stövchen ist ihr heiligstes Panier.
Nie sieht man Lieb in ihren Herzen sprießen,
‚Wat hett de Kerl?', ersetzet Amor hier."

Nachdem unser von Düring auch die ostfriesische Frömmigkeit erheblich angezweifelt hat und vermutet, ein auf die Erde kommender Herrgott würde aus Ostfriesland herausgeworfen, macht er auch abschließend aus seinem Herzen keine Mördergrube:

„Des Lebens Komfort findet hier sein Ende,
kein Luxus hat bis hierher sich erstreckt,
hier hat noch nie naturgeformte Hände
ein üpp'ger Handschuh keck und frei bedeckt!
Ein Kamm ist Fabel, man betrachtet Seife
als Sage einer unbekannten Welt.
Von fremden Sachen hat sich nur die Pfeife
und nur der Schnaps zum Friesenvolk gesellt!"

So hat er gedichtet, der von Ostfriesland entsetzte Leutnant von Düring, dessen Verse – wie die von Friedrich II. zur allgemeinen Kenntnisnahme niedriger gehängten Gazetten – wir nicht unter den Tisch kehren wollen. Wenn er schon damals hanebüchen übertrieben hat, dann ist es heutzutage eine böse Verunglimpfung, die mit Sicherheit auf keinen einzigen Ostfriesen mehr zutrifft. Sagen wir es präzis: „Hier irrte Leutnant von Düring!"

Viel zu teuer

Ein ins Land gekommener Urlauber wollte eines Tages einen Ostfriesen auf die Schippe nehmen und erzählte ernsthaft, es gäbe in Hamburg in einem Hallenbad ein automatisches Gerät zum Mani- und Pediküren. Man brauche nur ein Markstück hineinzuwerfen, um die Fingernägel geschnitten zu bekommen. Der Erzähler nahm an, der Ostfriese werde nach einigem Bedenken darauf hinweisen, dass Hände und Füße ja so verschieden seien, dass der Automat zwangsläufig empfindliche Körperteile wie Finger und Zehen verletzen müsse. Aber weit gefehlt. Das einzige, das der Ostfriese beanstandete, klang so: „Wie bitte? Eine Mark für Nägelreinigen und -schneiden? So eine Unverschämtheit! Das ist viel zu teuer!"

Liebe auf dem Eis

„Was der Monat Mai für den sentimentalen Deutschen ist, das waren Dezember und Januar für uns derbere Ostfriesen." DERK ROELFS MANSHOLT hat die zarten Bande beschrieben, die sich auf dem Eis entwickelten. Da wurde die sonst vorherrschende Scheu vor dem anderen Geschlecht überwunden, und der Junge fragte seine Angebetete, ob sie „auflegen" wolle. Was nichts anderes bedeutete, als dass man Hand in Hand in einer besonderen Verschlingung übers Eis schwebte. Mit einer weniger guten Läuferin war das recht mühsam. „Wenn sie aber eine gute Schlittschuhläuferin und dabei hübsch war und seelenvolle dunkle Augen hatte, dann kannte man keine Ermüdung, im Gegenteil, wenn es gegen den Wind ging, wurde die ‚aufgelegte' Hand fest angefasst, mit eingenommenem Arm und dicht angedrängtem Körper fühlte man bei jedem ‚Strich' einen kräftigen Druck im Rücken, wodurch man gewissermaßen vorwärts getrieben wurde ..." Ob mancher ältere Ostfriese nicht heute noch gern an die Eisflirts aus der Jugendzeit denkt, die den doch so rauen Winter erwärmten?!

Geistesgegenwart oder Gottvertrauen?

Vielleicht waren die Winter in alter Zeit doch strenger als heute, sodass die zugefrorenen ostfriesischen Kanäle anstelle der Fußwege die Verbindung zwischen den Orten herstellten. Dabei hatten die Ostfriesen „Holländer“ an ihren Füßen, jene Schlittschuhe mit gebogener Spitze, wie sie einst überall üblich waren. Darüber hinaus hatten die Läufer einen Eishaken bei sich, der aus einer Stange mit einem kräftigen Haken bestand, um in Notfällen eine gebrochene Eisdecke zu überwinden.

Zu den Eisläufern gehörten eines Tages auch der Pastor von Polder und der von Ditzumer Verlaat. Auf der Heimfahrt von einem Begräbnis, dem sie beigewohnt hatten, hielt das Eis die doppelte Last nicht aus und brach. Im Nu stürzten die beiden Gottesmänner ins eiskalte Wasser. Das bedeutete höchste Lebensgefahr. Aber der in den Siebzigern stehende Pastor von Polder behielt selbst unter solchen Umständen die Nerven. Halb im Scherz, halb ernsthaft erklärte er dem geistlichen Nachbarn im gebrochenen Eis: „Nu sünd die Pastorsstellen in Polder und Verlaat vakant.“ Das war freilich doch zu pessimistisch, denn dank dem Eishaken gelang es den beiden Geistlichen, die Gefahr zu überstehen und wieder festes Eis unter ihre „Holländer“ zu bekommen.

Wenn der Lehrer auf den Reihetisch angewiesen war

Der Dorfschullehrer von einst war ein armer Hund, insbesondere solange er unverheiratet war. Und aus Kostengründen bevorzugten die Dörfer einen ledigen Lehrer. Außer dem wenigen Bargeld, das er sah, wurde er vom Dorf verpflegt: mit dem Reihetisch. Das heißt, er bekam jeweils in einem der Häuser des Dorfes ein Mittagessen.

Das ging dann so, dass der Herr Lehrer nach dem Unterricht zu einem der Schüler oder einer Schülerin sprach: „Sag deiner Mutter, aber vergiss es nicht, morgen komme ich zum Essen.“ Nun hing es davon ab, wie die Mutter reagierte. Ob sie die übliche Alltagskost auftischte oder für den Lehrer etwas Besseres vorbereitete. Da aber die der Reihe nach aufeinander folgenden Haushalte sich nicht absprachen, konnte es dem Lehrer passieren, dass er mehrere Tage hintereinander die gleiche Mahlzeit auf dem Teller fand – groß war die Auswahl ja ohnehin nicht. Oder es kam vor – wie es von Warsingsfehn berichtet wurde –, dass der Lehrer nach einem längeren Fußmarsch durchs Dorf von der Hausfrau erfuhr: „Oh, dar sün ji Mesters? Dar hett de blixens Jung mi nix van segt: man rökelt ji dat Für man up, ick will gau overt Moor lopen un halen Mehl, denn back ick ja Pankok." Fett konnte der Lehrer bei solcher Praxis nicht werden. Und mancher Schulmeister hat berichtet, dass Tisch und Geschirr nicht so sauber waren, wie man es sich wünschte.

Dass das Ansehen des Schulmeisters bei der Praxis des Reihetischs nicht wuchs, ist verständlich. Aber er konnte noch froh sein, wenn das Dorf ihm Haus oder Wohnung zuwies. Mancher junge Lehrer musste sich sein Lager im Klassenzimmer aufschlagen. „In der Schulwand war eine Bettstelle mit Schiebetür und ein ebensolcher Schrank." Da läuft es dem Lehrer von heute wohl kalt den Rücken herunter.

Wir wüssten von diesen alten Sitten und der elenden Stellung der Lehrer nur wenig, wenn nicht die Frau des Lehrers OLDENBURG in Königsboek später zur Feder gegriffen hätte und die trüben Erfahrungen ihres Mannes um die Mitte des 19. Jahrhunderts geschildert hätte.

„Bei dem ‚Rundessen' kommt er auch mal in ein Haus, wo es ihm beim ersten Blick schon sehr unappetitlich aussieht, die Frau ungepflegt und mit ungeordnetem Haar. Sie sagt übrigens sehr freundlich: ‚Gaht sitten Mester, ick will erst'n Köpke Tee inschenken.' – Die Tasse ist unsauber und der Tee bläulich. Da sagt Oldenburg: ‚Der Tee sieht ja so schlecht aus.' Da meint die Frau: ‚Ick hat nix as Dobbewat. Marten mag't ck nich.' ‚Nee', sagt Oldenburg, ‚ick mag't ck heel un dall nich, sett de Tee man weg un sett Eten up de Desk!' Da aber wird es erst recht bunt.

Die Kartoffeln sahen glitschig aus; die Soße ist das reine Wasser mit ein paar Fettaugen. Oldenburg sieht sich das an und fragt: ‚Wat hat ji dar mit de Tuffels makt, dat se so kleierig utsehn?' – ‚Ja, Mester', antwortet die Frau, ‚de hebb ick rug kekt, hebb se dann schillt un weer in de Pott smeten, dat se warm bleven.' – ‚Nee', sagt Oldenburger beim Aufstehen, ‚de Kartuffels mag ick nich, und dat Stipp is dat klare Water. Ick fall bold unner dat Speck und de Wurst dod, watt hier in de Wiem hangt, und sall de Kartuffels in Wasser stippen? Dat Eten hollt man!' Sagt's und geht aus der Tür."

Ostfriesisches Landleben vor 150 Jahren

In einer Zeit, in der Landmaschinen aller Art die menschliche Arbeit ersetzt haben, verraten die Schilderungen von DERK ROELFS MANSHOLT, die er um 1900 veröffentlichte, wie es Mitte des 19. Jahrhunderts auf ostfriesischen Gütern zuging. Der übliche Arbeitstag für die Knechte (und damit auch für den Bauern) lief im Frühjahr, Sommer und Herbst von 4 bis 7 Uhr, nach dem Frühstück von 7.30 bis 12 Uhr. Nach dem Mittag von 13.30 Uhr bis 18 Uhr. Wer nachrechnet, kommt auf – Gewerkschaftler sollten es nicht tun – 12 Stunden. Im Winter begann es immerhin erst um 5 Uhr.

„Wenn wir frühmorgens um vier Uhr die Pflugarbeit angefangen hatten“, schrieb Mansholt, „brachte uns später jemand ... das Frühstück, und zwar Butterbrot mit Käse und Buttermilchsuppe – eine Mahlzeit für Götter! Wenigstens bildeten wir uns das damals ein. Aber auch solch ein Hunger! Nein, so was gibt's ja gar nicht mehr. Unsere letzte Mahlzeit war abends vorher um sechs Uhr eingenommen. Wenn wir dann am folgenden Morgen uns um vier Uhr an die Arbeit begaben, hatten wir schon Hunger, und nicht selten knabberten wir an den Brotkrusten, die wir mitnahmen, um die weidenden Pferde besser einfangen zu können. Die frische Morgenluft und die mäßige Bewegung hinter dem Pfluge förderten unsere ohnehin schon recht kräftige Verdauung, sodass wir schon um $^1/_2$ 7 recht sehnsüchtig nach dem Frühstück aussahen ... Viel später im Leben habe ich öfters teilgenommen an feinen Hotelmahlzeiten und Festessen, wo die ausgesuchtesten Speisen und Getränke gereicht wurden; über mangelnden Appetit hatte ich nie zu klagen, aber so wie damals das einfache Frühstück hat mir's nie wieder geschmeckt.“ So weit Originalton des Bauernsohnes Mansholt.

„Lotto“ auf Ostfriesisch

Wenn der Bauer und seine nachbarlichen Gäste nach dem Schlachttag zusammensaßen, wurde in alten Tagen (oder gibt es das heute noch?) das geschlachtete Vieh besichtigt. Nun hatte jeder die Möglichkeit, auf einen Zettel zu schreiben, welches Gewicht seiner Schätzung nach dieses oder jenes Tier auf die Waage gebracht hatte. War der Rundgang beendet, konnte verglichen werden, wer das Gewicht am besten getroffen hatte. Die Gewinner mit „Sechs oder fünf Richtigen“ konnten sich auf ein Gelage mit Eierbier freuen, ihren Lottogewinn, das die Verlierer, die sich als schlechte Schätzer erwiesen hatten, bezahlen mussten.

Mehr Kühe als Menschen

Das ist keine Respektlosigkeit gegenüber den Ostfriesen, sondern eine Aufgabe, die die Stadt Wittmund ihren Besuchern stellt. Dazu muss man freilich wissen, dass sich Wittmund aus 14 dörflichen Gemeinden zusammensetzt. So nimmt es nicht Wunder, dass in allen zusammen die Kühe in der Überzahl sind: mehr Kühe als Menschen. Blickt man über die Deiche, könnte man meinen, auch Schafe seien zahlreicher als Menschen. Es gibt noch andere Originalitäten, die sich mit Wittmund verbinden: hier entspringt ein Fluss und nimmt innerhalb der Stadt seinen Weg ins Meer. Und hier finden wir eine Bundesstraße, die in der gleichen Stadt endet, in der sie begonnen hat. Für Neugierige: die Bundesstraße ist die B 204, der Fluss die Harle. Aber noch ein Unikum findet sich in Wittmund, genauer gesagt in Carolinensiels „Sielhafenmuseum“: ein Tante-Emma-Laden von einst. Wie viele Kinderaugen haben hier gestrahlt, wenn der böswilligerweise „Heringsbändiger“ benannte Kaufmann nach dem Abwiegen von Mehl, Zucker oder Sauerkraut ins wohlgeformte Bonbonglas griff und den „Bonscher“ herausholte. War das geschehen, konnte erleichtert gesagt werden: „Mutter lässt grüßen. Sie möchten es bitte anschreiben.“

Aus Strandpiraten wurden Retter

Im vorigen Jahrhundert fand kaum einer etwas dabei, wenn die Bewohner von Ostfrieslands Küsten jeden Sturm mit dem Wunsch begleiteten: „Gott segne unseren Strand.“ Zu welchem ruchlosen Tun

Gott hier aufgefordert wurde, machte sich kaum einer der Bittenden klar. Gewiss war es ein Segen für die oft armen Küstenmenschen, wenn vom Sturm Fässer oder Kisten mit nahrhaftem Inhalt an den Strand gespült wurden. Nach einem solchen „Segen“ hielten viele Dörfer Ausschau.
Allerdings ließ sich nicht leugnen, dass nicht nur die Ladung eines Schiffes dem Sturm zum Opfer fiel, sondern auch die Seeleute. „In bitterer Armut und nach altem Strandbrauch war sich jeder selbst der Nächste, denn Voraussetzung für solche Besitznahme von Strandgut war, dass kein Lebewesen lebendig den Strand erreichte“ (Klaus Wienstroh). Der Oberzollinspektor GEORG BREUSIN aus Emden dachte anders, als er 1861 in seiner Heimatstadt einen Verein gründete, den es bis dahin in Ostfriesland nicht gegeben hatte, den „Ostfriesischen Verein zur Rettung Schiffbrüchiger“. Mit den Rettungsvereinen anderer Küstenländer schloss man sich ab 1865 für ganz Deutschland zusammen – noch bevor es überhaupt ein Deutsches Reich gab.
Dass sich die Idee, vom Tod bedrohte Menschen aus der See zu retten, so schnell durchsetzte, ist leicht zu erklären: beinahe alle, die ihr Leben in den Dienst der Schiffbrüchigen stellten, hatten Zeit ihres Daseins ein besonders enges Verhältnis zum Meer und seinen Stürmen. Es waren die „Strandpiraten“, die einst Gott gebeten hatten, ihren Strand zu segnen und jetzt zu Gott beteten, dass er ihre Ausfahrt zur Rettung von Menschenleben behütete. So können sich die Zeiten ändern.

„Notschlachtung“

Es ist schon eine längere Zeit her, als im Reider Land der Dr. COORDES seine Patienten versorgte. Wie es damals üblich war, musste er mit Pferd und Wagen von Dorf zu Dorf fahren und sich um das Wohl der Kranken und Gebrechlichen kümmern. Da aber auch neben den Menschen das Vieh ärztliche Hilfe erfordern konnte, war es beinahe selbstverständlich, dass die Dörfler ihren Arzt auch um Rat fragten, wenn ihr Rindvieh nicht auf dem Posten war. Manche Arznei, die für Menschen gut war, konnte auch eine Kuh oder ein Pferd wieder auf die Beine bringen. Aber es kam auch vor, dass der erfahrene Menschen-Arzt auf einen Blick erkannte, dass seine Hilfe nichts mehr retten konnte und dass nur noch die Diagnose „Notschlachtung“ in Frage kam. Mit den Menschen war das – zum Glück – nicht so einfach. Aber unser Dr. Coordes hatte sich an den Begriff aus seinem nur nebenbei erfolgenden tierärztlichen Wirken so gewöhnt, dass er ein wenig burschikos und in einer Sprache, die jeder verstand, auch in seine menschliche Praxis den Begriff übernahm. Kam einer, dem sein Leiden schon ins Gesicht geschrieben war, so murmelte er denn mit einem Lächeln dem Patienten zu: „Nun wollen wir mal nachsehen, ob wir uns zur Notschlachtung entschließen müssen.“ Und Patient wie Arzt waren gleichermaßen erleichtert, wenn die abschließende Diagnose lautete: „Notschlachtung nicht erforderlich.“ Für die Kranken war es bald selbstverständlich und keineswegs geringschätzig, wenn sie gewissermaßen auf die gleiche Ebene wie das liebe Vieh gestellt werden. Bald fragten sie schon von sich aus: „Wie sieht es aus mit mir? Komme ich ohne Notschlachtung davon?“

So ging es Jahr um Jahr, bis unser Dr. Coordes selbst Patient wurde und man einen Arzt aus Weener holte, um nach ihm zu sehen. Der erkannte bald, dass der Kollege sterbenskrank war und begann, die üblichen tröstenden Worte zu suchen, mit denen er das Unausweichliche in eine medizinisch vertretbare Form bringen konnte. Ein wenig ungläubig hörte Dr. Coordes ihm zu und schockierte den städtischen Kollegen nicht wenig, als er in aller Selbstverständlichkeit, wie er es viele Jahre selbst gehandhabt hatte, erklärte: „Ich fürchte, ich kann es Ihnen nicht ersparen. Aber wie ich es sehe, wird mir die Notschlachtung wohl nicht erspart bleiben.“ So ganz Unrecht hatte er mit seiner letzten Diagnose nicht …

Spion an der Brücke

Kaum einer lebt noch, der sich erinnern könnte, wie es im Ersten Weltkrieg mit den Spionen aussah. Ein Gerücht wanderte 1914 durch das ganze kaiserliche Deutsche Reich: dass ein Auto mit Gold nach Russland unterwegs war. Und dass überall Spione wichtige Ziele für die Kriegsführung der Franzosen ausspähen oder sogar in die Luft jagen sollten.

Sogar bis nach Ostfriesland kamen diese – man muss es wohl so nennen – Latrinenparolen. So wurde auch eine durchaus friedliche Brücke, die den Bahnverkehr über einen Fehn führen sollte, plötzlich zum kriegswichtigen Objekt. Hatte bisher nur ein Brückenwärter die Drehbrücke bedient, um einmal die Züge, ein anderes Mal die Schiffe auf dem Kanal durchzulassen, so zog nun ein Wachposten auf. Nachts waren es sogar zwei, die die Fehnbrücke schützen sollten.

Wie wichtig ihre Wachsamkeit war, zeigte sich eines Abends, als ein Mann mit einem Köfferchen die Brücke überschreiten wollte, nachdem der letzte Zug des Tages schon lange vorüber war. Aber an dem Wachposten kam er nicht vorbei. Der kannte keinen Spaß.

„Was wollt ihr von mir“, klagte der ertappte „Spion“, „ich bin doch nur zu weit gefahren. Der Schaffner hat mir gesagt, ich solle immer den Gleisen nach zurücklaufen, denn der nächste Zug fährt erst morgen wieder. Und meine Familie erwartet mich doch zur Geburtstagsfeier.“

Es war Pech, dass der angebliche Spion keinerlei Ausweis bei sich hatte. Das war damals auch gar nicht nötig und üblich. „Hast du etwa eine Bombe im Koffer?“, fragten die strengen Wächter.

„Macht ihn doch auf!“

Das taten sie denn auch, wobei sich freilich neben ein bisschen Wäsche nichts anderes zeigte als eine Flasche Korn.

Das war natürlich eine freudige Überraschung, sodass die Brückenwächter sich rasch darüber einig waren, einen solchermaßen legitimierten „Spion“ nicht ohne weiteres laufen zu lassen. Mit strenger Stimme nahmen sie den Mann in Verwahrung und beschlagnahmten den Korn. Es war nur recht und billig, dass sie sich gemeinsam den Dienst durch den Genuss aus der Flasche bereicherten.

„Aber denke nicht, dass wir dich laufen lassen“, drohten sie. „Morgen früh bringen wir dich zur Gendarmerie.“

Nun konnte der Korn fließen. Und da sich der unschuldige Spion wohlweislich zurückhielt, hatten die wachenden Soldaten bald die nötige Bettschwere, die ihr Gefangener nur vortäuschte.

Kurz und gut: als der Morgen dämmerte, wachten die Brückenhüter mit einem Brummschädel auf. Ihr Spion aber war längst über alle Berge, um doch noch Geburtstag zu feiern, wenn auch ohne hochprozentiges Mitbringsel ...!

„Windflüchter" gibt es überall an der Küste

In den Landschaften unweit des Meeres (der See, wie die Ostfriesen das nennen, während Seen bzw. Teiche als „Meer" bezeichnet werden) haben die Stürme vielerorts dafür gesorgt, dass Baumreihen in der freien Natur schief aufgewachsen sind. Es ist ein Anblick, der vielerorts in Ostfriesland häufig ist. Wenn man dabei von „Windflüchtern" spricht, weil die Bäume geradezu vor dem Wind und den Stürmen zu fliehen scheinen, dann muss man an die Maler denken, die vor einem Jahrhundert das „Fischland" der Ostsee entdeckten. Das ist die Halbinsel, die zwischen Ostsee und Bodden mit Badeorten wie Wustrow, Ahrenshoop, Prerow und Zingst heute viel besucht ist. Es dauerte freilich gegenüber Rügen und Usedom lange, bevor auch Fischland Gäste anzog. Die Ersten waren (wie auch in Varel und Dangast) ausgesprochene „Augenmenschen", also Maler. Kein Wunder, dass ihnen der Anblick der schräg geneigten Bäume, wie man sie vom Binnenland nicht kannte, auffiel. Rasch war der neue Begriff geboren: „Windflüchter". Von der Ostsee wanderte er zur Nordsee und verbreitete sich bald auch an Ostfrieslands Küste. Denken Sie daran, wenn Sie ihnen hier oder da begegnen!

„Schiete" passt immer

Ist der Umgangston heute wirklich rauer und freimütiger als früher? Da hören wir aus der Zeit um 1890, dass die kleine JANTJE, ein süßer Spatz wie aus dem Bilderbuch, zu ihrem vierten oder fünften Geburtstag von der Nachbarschaft einen kleinen Tisch voll einfacher bunter Überraschungen aufgebaut bekommen hatte. Staunend starrte sie darauf, bis sie begriff, dass all diese Herrlichkeiten ihr gehören sollten. Dann klatschte sie in die Hände und rief: „O – wo krieg ik de Schiete nu all mit." Was blieb den Umstehenden anderes übrig, als über so viel unbekümmerte Drastik verständnisvoll zu lachen.

Der neuen Eisenbahn zu Fuß entgegenlaufen!

In Ostfrieslands Presse erschien um 1896/97 eine Protest-Anzeige: „Wir Kutscher und Fuhrleute beschweren uns laut, dass man jetzt statt Landstraßen Eisenbahnen baut." Törichterweise hatte nämlich Leers Kreistag die Auffassung, dass der Eisenbahnverkehr zwischen Ihrhove und Westrhauderfehn 1250 Mark (Goldmark versteht sich) für Straßenbaukosten einsparte. Da gingen die Fuhrunternehmer zwar nicht – wie es heute unweigerlich der Fall wäre – auf die Straße, aber in die Presse. Vergeblich bemühte sich der Landrat Dr. Graf von Wedel um die Zustimmung, die eine qualifizierte Mehrheit erforderte und – um eine einzige Stimme verfehlt wurde. So dauerte es noch bis zum Jahr 1912, ehe die Bahn doch noch gebaut werden konnte. Als der Tag der Eröffnung kam, sollen einige Fehnbewohner am 1. November 1912 von Westrhauderfehn bis Marienheil gelaufen sein, um sich mit der ersten Fahrt wieder nach Westrhauderfehn befördern zu lassen. Das war auch ein Ereignis erster Güte, denn die „Jungfernfahrt" war kostenlos, und eine Musikkapelle war auch im Zug.

Klootschießern ist es nie zu kalt

Unter den populären Wintersportarten ist Klootschießen wenig bekannt, weil es fast nur in Friesland betrieben wird. Besonders beliebt ist es im Harlingerland, wo der Wettkampf mit den Butjadingern lange zu den winterlichen Attraktionen zählte. Dafür kann es nie zu kalt sein. Denn das Klootschießen setzt voraus, dass die Wiesen der Marschen vom Wind schneefrei geweht sind und dass die Gräben unter einer dicken Eisdecke verborgen sind, sodass der dramatische Kampf zweier Mannschaften sich querfeldein abwickeln kann. Selbst der sachliche Heimatkundler Rudolf Bielefeld gerät in Ekstase, wenn er schreibt: „Es ist ein unvergessliches Bild, dieser friedliche Wettkampf gegenseitiger Krafterprobung, der uns den Friesenstamm in seiner Volksart, Gesundheit und Kraft in so trefflicher Weise vor Augen führt, und so wird das Klootschießen hier hoffentlich weitergepflegt werden bis in die fernsten Zeiten."

Ein Lehrer muss doch nicht arbeiten ...

Dass Lehrer es mit ihrem Beruf besonders gut getroffen haben, ist eine weit verbreitete Meinung. Dabei denken die meisten in erster Linie an die vielen Ferien. Auch in Ostfriesland sind solche Meinungen üblich. Deshalb hat RICHARD AHLRICHS einmal zusammengefasst, was alles die Aufgaben waren, die sein Vater als Lehrer in einem entlegenen ostfriesischen Moordorf zu lösen hatte. Als einziger Lehrer an seiner Schule hatte er nahezu 100 Kinder durch alle Altersstufen zu unterrichten.
Aber dazu kamen: die Schreibarbeiten der Gemeinde, die Ausfertigung von Nottestamenten, Leitung einer Genossenschaft, Geschäftsführer der Elektrizitätsgenossenschaft, Leitung eines kleinen Turnvereins und – last not least – Predigten am Sarge der Verstorbenen im Sterbehaus und Chorgesang der Schulkinder bis zum nächsten Friedhof. Ach ja, eine kleine Landwirtschaft mit zwei Hektar Land wollte auch versorgt sein. Aber: der Lehrer bekommt sein Geld, ohne dass er viel dafür arbeiten muss. Mit einer solchen Meinung stehen die Ostfriesen nicht allein ...

Dampferfahrt von Prag nach Pressburg: durch Ostfriesland

Von EGON ERWIN KISCH (1885–1948), auf Grund eines gleichnamigen Buches aus dem Jahr 1925 als „rasender Reporter" bekannt, stammt der Bericht über eine ungewöhnliche Schiffsfahrt von Prag nach Pressburg. Sie führte statt der direkten Strecke von 350 km über 2170 Kilometer und damit auch durch Ostfriesland. Bei dieser Fahrt im Jahr 1920 gewann Kisch folgende Eindrücke:
„Überall wird hier Torf gestochen. Wenn einen der Leute bei der Arbeit unversehens der Schlag trifft, so sinkt er ins Moor und bleibt uns mumifiziert erhalten. Eine solche Frau, zweitausend Jahre alt und ganz aus Torf, ist in Emden zu sehen. ... Die Leute haben hier eine Vorliebe für die Niederlande, was sich darin ausdrückt, dass sie zumeist holländische Namen haben. ‚Hinrich van Tjager', ‚ter Bjöch' und so ...

Von einer den Kanal überquerenden Drehbrücke rief uns der Brückener ‚2 Mark 30' zu und streckte uns auf einer fünf Meter langen Stange einen Klingelbeutel zu, in dem schon die unterschriebene Quittung lag, die wir herausnehmen und dafür 2 Mark 30 Pfennig hineinzulegen hatten, ohne auch nur eine Sekunde zu stoppen."
Wenn Kischs Seemannsgarn über Ostfriesland nicht wahr ist, so ist es amüsant erfunden. Immerhin sind seitdem 80 Jahre vergangen.

So praktisch ist Elektrizität

Auch nach Ostfriesland ist der elektrische Strom gekommen, und immer mehr Dörfer und Häuser wurden ans Stromnetz angeschlossen. So auch bei der alten Frau JANSSEN. Versteht sich, dass das fürs Dorf bedeutende Ereignis mit einem Fest gefeiert wurde. Dabei wurde auch Oma Janssen vom Bürgermeister zum Tanz aufgefordert. Der war natürlich auch stolz auf dieses Zeugnis des technischen Fortschritts und meinte: „Sie freuen sich doch sicher auch, dass Sie das noch miterleben können. Jetzt genügt ein Knopfdruck, und in Ihrer Küche ist es taghell." Da strahlte die Greisin: „Sie haben ganz Recht. Bei so einer elektrischen Beleuchtung finde ich ganz schnell meine Petroleumlampe."
So hat es Ewald Christophers aus Aurich erzählt.

Jannes Ohling – ein Mann für den Deich

Nein, so wie es Theodor Storm einst vom Schimmelreiter geschrieben hat, geht es heute nicht mehr zu. Statt des Schimmels, mit dem dieser über den Deich sprengte, hat der vor 25 Jahren gestorbene JANNES OHLING (1909–1974) seine Tätigkeit als Oberdeich- und Obersielrichter (der Deichacht Krummhörn) mit Unterstützung von Barometer, Telefon und natürlich Rundfunk betrieben. Aber darüber hinaus stützte er sich auf die Weisheit: „Man mutt sien Oogen överall hebben."

Das war auch der Fall, als ihm nicht entging, dass einige Deicharbeiter während ihrer Arbeitszeit im Watt gefischt hatten. Das konnte er nicht durchgehen lassen. Ehe sich's die Schuldigen versahen, waren sie von Ohling entlassen.
„Ordnung brauchen wir", sagt der Oberdeichrichter. Und die entlassenen Deicharbeiter lassen die Köpfe hängen.
Eine Woche später stehen sie wieder in seinem Büro und haben einen Kalender der reformierten Kirche bei sich, in dem die Losung der Woche steht: „Vergebung."
Da kann der Chef nicht hart sein.
„Verdient habt ihr's nicht. Aber ich bin kein Unmensch."
So ist denn alles noch einmal gut ausgegangen. Aber eine Frage hat Hinrich Janssen doch noch:
„Wie kann es nur angehen, dass Sie uns gesehen haben." Er wirft einen Blick durchs Bürofenster. „Haben Sie vielleicht einen Spiegel überm Sofa?"
Aber eine Antwort bekommt er nicht. Denn Ohling weiß ja schon immer, dass der Deichrichter seine Augen überall haben muss. Auch auf die Fischer im Watt.

Eine Braunschweiger Wurst als Dichterlorbeer

Nein, um eine große, bedeutende Dichtung handelte es sich nicht, mit der RICHARD AHLRICHS seinen ersten Preis für ein Gedicht erhielt. Aber sicher war es der ersehnteste und wertvollste, den er sich vorstellen konnte.
Da war sein Vater, der Schulmeister in einem entlegenen Moordorf, eines Tages auf die Idee gekommen, seine Schüler zu fragen, wer schon einmal eine Eisenbahn (und wenn es selbst nur die Kleinbahn wäre) gesehen habe? Mehr als vier Schüler meldeten sich nicht. Auch einen richtigen Hafen kannte – keiner. Da fasste das Dorfschulmeisterlein den kühnen Entschluss, mit seinen Zwergschulsprösslingen nach Emden zu fahren. Das Dorf stand Kopf. Wozu soll das gut sein?! Aber Vater und Schulmeister Ahlrichs setzte seinen Kopf durch. So machte sich die ganze Moorschule auf den Weg in die weite Welt ...

Der Zufall wollte es, dass just in Emden eine Gewerbeausstellung stattfand, die nach Bahnhofsbesuch, Rathausbesichtigung und Hafenrundfahrt ins Programm genommen wurde. „Wir glaubten alle, wir wären in einer Wunderwelt, wir glaubten, ein Traum gaukle uns dies alles nur vor." So hat es Sohn Richard Ahlrichs später berichtet. Aber für ihn gab es noch einen Höhepunkt.
Die von Neugierigen umlagerte Verkaufsbude des Fleischermeisters Visser, die allen das Wasser im Mund zusammenlaufen ließ, wies als besondere Attraktion eine große Braunschweiger Wurst auf. Und der Meister rief lautstark in die Menge: „Wer von euch, alle Anwesenden sind gemeint, das beste Gedicht über meine herrlichen Wurstwaren schreibt, der bekommt als Belohnung diese Wurst!" Eine Braunschweiger! Das war für Leute aus dem Moor, die sich meist mit Grützwurst, Blutwurst, Mettwurst oder Brägenwurst begnügten, eine Köstlichkeit wie heute vielleicht Gänseleberwurst oder Kaviar. So griff auch der Schüler Richard zum Notizblock und bedichtete nach Herzenslust die lockende Wurst. Freilich – sehr leserlich war das hingekritzelte Gedicht nicht. Zum Glück war der Meister nicht kleinlich und ließ den Autor der Wurstverse seine poetische Huldigung selbst vortragen. Das gab den Ausschlag. „Ich überwand", so viel später Richard Ahlrichs, „mein Lampenfieber und deklamierte meine paar Verse. Danach war zunächst eine kleine Pause, anschließend erfolgte ein ungeheurer Applaus." Kurz und gut: der kleine Richard hatte mit seiner „Dichtung" die Wurst gewonnen. Der Fleischer hängte dem Jungen unter allgemeinem Jubel die Wurst um den Hals über der blauweißen Marinebluse. Da sage noch einer, dass Dichten ein brot- oder wurstloser Beruf sei ...!

Kein Ruhmesblatt

Wenn jemand darangeht – Statistiker und Politikwissenschaftler sind so rücksichtslos –, den Weg ins Dritte Reich an den deutschen Ländern 1932/33 aufzuzeigen, dann muss Ostfriesland eine eher peinliche Bilanz ziehen. Freilich – inzwischen leben nur noch wenige, die als damals wahlberechtigte Bürger ihr Kreuzchen bei der NSDAP machten. So ist das, was die nüchternen Zahlen aussagen, heute nur noch historische Erinnerung: Honni soit qui mal y pense ...!

Tatsache ist, dass ab 1930 allein aus dem Kreis Wittmund über 50 % für Hitler stimmten. 1933 waren es sogar 70,4 %. Der Kreis Aurich stand mit 67,3 % nicht weit zurück. Dabei war es vor allem die Landbevölkerung, die für diese Zahlen sorgte. In den Städten – Emden noch 1933 nur 37,8 % und damit weit unter dem Reichsdurchschnitt – war man weit weniger „braun". Mit wehmütiger Resignation hat der schon im Oktober 1932 abgehalfterte demokratische Regierungspräsident Berghaus die damaligen Verhältnisse am Beispiel des 1. Mai 1933 geschildert: als „riesige Menschenmengen sich durch die Straßen Aurichs bewegen, auch Leute darunter, von denen ich niemals erwartet hatte, dass sie so etwas mitmachen könnten, Freunde und Bekannte, Besinnliche und Augenblicksmenschen ... Um uns wurde es immer einsamer." (Zitiert nach Hinrich Schmidt) Der Bürgermeister von Leer, Dr. vom Bruch, nahm sich aus Verzweiflung damals das Leben. Auch das gab es in Ostfriesland und soll nicht vergessen sein.

Liebe im Moor

Schwer zu entscheiden, wer die Hauptfigur dieser Liebesgeschichte ist: die ehemalige Marketenderin des Jahres 1813 oder der des Lesens und Schreibens unkundige Harm Reck. Die aus Thüringen stammende Caroline Kampmann oder der Siedler im ostfriesischen Moor? Die Pastorentochter oder der Soldat, der Post von einem Pastor bekam? Es ist eine romantische Geschichte, in der die Liebe die Hauptrolle spielt.
Also: HARM RECK hatte sich bis über beide Ohren in die reizende Marketenderin verliebt und wich, nachdem sie bei der Schlacht von Groß-Görschen am 2. Mai 1813 an der Schulter verwundet worden war wie ein richtiger Soldat, nicht von ihrer Seite. Aber eine Pastorentochter war für einen Moorsiedler natürlich viel zu fein. Bis – ja – eines Tages Harm Reck Post von Pfarrer Hoppe aus Victorbur bekam. Und der Pfarrer ihn, wie es hier und da Pastorensitte ist, mit „Mein lieber Sohn" anredete. Für Harm bedeutete das eine erhebliche Standeserhöhung. Als Analphabet musste er sich den Brief von einem Kameraden vorlesen lassen. So sprach es sich rasch herum und wurde auch der Pastorentochter Caroline bekannt, dass Harm eben-

falls einen Pastor zum Vater hatte. Von Harms – das lässt sich nicht leugnen – Ehefrau war dabei gar nicht die Rede, auch wenn sich Gretje und Harm längst auseinander gelebt hatten und keiner wusste, wo der andere war.
So weit, so gut. Schlimmer war es schon, dass Harm Reck in seiner Liebe zu Caroline bedenkenlos der Thüringerin von der Schönheit des Moors und von den Vorzügen seines Elternhauses im Moor vorgeschwärmt hatte. Als beide schließlich das Militär verlassen konnten, folgte das Mädchen „ihrem“ Soldaten ins Moor. Da sah es freilich anders aus, als Harm erzählt und sie angenommen hatte. Aber wenn man liebt, ist alles andere nebensächlich. Die beiden wurden, nachdem die Scheidung von seiner Frau wegen deren erwiesener „Treulosigkeit“ keine Schwierigkeiten mehr machte, tatsächlich ein Paar. 1816 wurden sie – von Pastor Hoppe, versteht sich – getraut. Aus der Thüringerin wurde eine richtige Moorfrau, die schließlich ein hohes Alter von über 90 Jahren erreichte. Beide lebten, möchte man im Stil des Märchens sagen, froh und glücklich miteinander. Und wenn sie nicht gestorben sind …!
Richtig: noch etwas gehört zu dieser Geschichte. Nachdem Harm durch einen Irrtum für einen Pastorensohn gehalten worden war, hatte er bald den Spitznamen „Pater“, der sich sogar, wie der Auricher Hinrich Schoolmann erzählt hat, auf seinen Sohn übertrug. Auch im Moor, so hat es sich erwiesen, kann die Liebe Berge versetzen …

Ostfriesland uralt

Ostfrieslands Moore haben ihre Geheimnisse

Angesichts des Wirbels, den der Fund des „Ötzi" hervorgerufen hat, ist beinahe vergessen, dass in den ostfriesischen Hochmooren Funde von Moorleichen gar nicht so selten waren. Was beim „Ötzi" der Gletscher bewirkte, eine erstaunlich gute Erhaltung über Jahrtausende, ist in Ostfriesland der Konservierung durchs Moor zu verdanken. Schon 1817 traute der Torfgräber NANNE HINRICHS im Hilgenmoor bei den Dörfern Marx und Etzel im Kreis Wittmund seinen Augen nicht, als er beim Torfstechen die erste Moorleiche fand. Anstatt sie zu beseitigen, wie es sicher vorher manchmal geschehen war, zeigte Hinrichs bei den Behörden seinen unheimlichen Fund an. Auch die ostfriesische Moorleiche ließ Bekleidung aus Schafwolle und Schuhwerk erkennen, verriet aber nichts darüber, wie der erwachsene Mann sein Ende gefunden hatte.
Man mag es kaum glauben: weitere Moorleichen vom Heseler Vorwerk, von Westrhauderfehn und Südgeorgsfehn aus den Jahren zwischen 1853 und 1860 wurden zwar gefunden, aber sind leider „verloren gegangen". Andererseits hat der erste Fund dazu geführt, dass die Aufmerksamkeit der Gebildeten jener Tage erheblich gefördert wurde.
Schon 1861 konnte die „Auricher Zeitung" von einem weiteren Fund im Hilgenmoor (bei Marx-Stapelsteen) berichten. Der glückliche Finder war Harm Janssen Teten aus Stapelsteen, der diese weibliche Leiche mit ihrer Kleidung den Behörden meldete, sodass sie den Weg nach Hannover ins Museum nehmen konnte.
Als einige Jahrzehnte später, am 24. Mai 1907, die Brüder de Jonge aus Tannenhusen im Hochmoor Hegehahn eine weitere Leiche auffanden, erzählten sie das nur ihren Bekannten, wodurch der hier postierte Landjäger sofort an ein Verbrechen dachte.
Aber das erwies sich als ein Irrtum. Nachdem die Leiche zunächst – Ordnung muss ja sein – wieder vergraben worden war, sorgte Aurichs Archivrat Dr. Wachter dafür, dass die Leiche und ihre Fund-

stelle der Wissenschaft erhalten blieben. Wie er berichtete, wurden „vom Körper nur Knochen, Finger- und Zehennägel sowie Kleidungsstücke gefunden. Wir sind besonders glücklich, dass das Gebiss des Mannes, der wohl nicht größer als 1,60 m war, vollständig erhalten war. Offensichtlich ist er einem Mord oder Unfall zum Opfer gefallen, denn sein Schädel wies auf der linken Seite eine tiefe Schlagwunde auf." Die Bekleidung war in „Patchwork" von Schafwolle angefertigt worden.
Wieso nach den sechs Leichenfunden zwischen 1817 und 1907 in unserem Jahrhundert keine weitere Endeckung dieser Art erfolgte, lässt sich schwer erklären. Aber, wie Rudolf Bielefeld anmerkt, „je weiter die Torfgräberei in das Innere des Moores eindringt, desto weniger wahrscheinlich werden sich solche Funde wiederholen." Bekanntlich hat man auch in Schleswig, der einstigen Provinz Hannover und vor allem in Dänemark weitere Moorleichen bergen können. Insgesamt haben die Wissenschaftler in Europa rund 60 Moorleichen aus den ersten Jahrhunderten unserer Zeitrechnung gefunden.

Irrwege einer Sonnenscheibe

Eines Tages im Jahr 1910 stieß VITUS DIRKS aus Moordorf beim Pflügen auf einen runden Gegenstand, vielleicht 15 cm im Durchmesser. Das war so ungewöhnlich, dass er die Scheibe aus dem Moorboden hob. Aber auch nachdem er sie abgewaschen hatte, bemerkte er nicht, dass sie aus Gold war. Was macht man mit einem solchen Fund? Man stellt ihn in sein „Schapp". Da lag er, bis nach dem Ersten Weltkrieg ein Altwarenhändler aus Aurich bei Dirks hereinschaute und das Ding für ein Butterbrot und ein Ei kaufte. Wer weiß, ob er überhaupt merkte, dass es sich um eine vorgeschichtliche Sonnenscheibe aus Irland handelte, wo es viele dieser Art gab, aus puren Gold im Gewicht von 36,17 Gramm, Durchmesser 14,5 cm. Nun nahm die Scheibe einen verschlungenen Weg: aus Aurich kam sie nach München und anschließend in Londons „British Museum". Zum Glück mit einem kleinen Zettel, der als Fundstelle Ostfriesland nannte.
Über das Zentralmuseum in Mainz landete die Sonnenscheibe im Landesmuseum Hannover. Dessen Direktor, Dr. Jacob Friese, informierte den Pädagogen und Heimatforscher Professor Peter Zyl-

mann, aus Leer gebürtig, über diesen Fund aus der ostfriesischen Heimat. Und der war neugierig, wo in Ostfriesland die Goldscheibe wohl gefunden sein könnte. Was tut man in einem solchen Fall? Man informiert über die ostfriesische Presse die Öffentlichkeit. Offensichtlich vergebens, denn kein Finder meldete sich.

Mehrere Wochen vergingen. Da ging Vitus Dirks zum Bäcker und kaufte ein Brot. Der guten Ordnung halber schlug der Bäcker das Brot in ein Zeitungsblatt ein, in dem die Scheibe abgebildet gewesen war. Zu Hause las das Dirks und – erkannte die von ihm gefundene Scheibe wieder.

Professor Zylmann war vorsichtig. Erst erkundigte er sich beim zuständigen Pastor, ob dieser Vitus Dirks ein verlässlicher Mann und nicht nur ein Wichtigtuer war. Aber der Pastor beruhigte ihn: Dirks sei so echt wie das Gold der Scheibe. So führte er den Professor an die Fundstelle, die er noch in Erinnerung hatte. Damit schloss sich der Kreis.

„Hätte die Scheibe“, so zog Zylmann die Konsequenz, „nicht ein Zettelchen mitgeführt, hätte Vitus Dirks nicht an einem bestimmten Tag ein Brot gekauft und der Bäcker ihm nicht die Sonnenscheiben-Zeitung als Einwickelpapier mitgegeben, dann wären die Prähistoriker wieder einmal um eine Erkenntnis ärmer geblieben.“ Das ist wahr. Aber zum Glück hätten sie nicht gewusst, dass ihnen das Schicksal einer Sonnenscheibe unbekannt blieb ...!

Dachdecken mit „Mönch“ und „Nonne“

Sicher machen wir uns ganz falsche Vorstellungen vom mittelalterlichen Klosterleben. Das lässt sich sogar an den Dachziegeln ablesen. Als sich nach Holz und Granitfindlingen der Backstein als bevorzugtes Baumaterial für Kirchen durchsetzte, verwendete man Dachziegel, die als „Mönch“, und solche, die als „Nonne“ bezeichnet wurden. Dabei gab es, hat Christophers schmunzelnd berichtet, konkave Ziegel, die mit dem gewölbten Rücken auf die Dachlatten gelegt wurden, und solche, die mit der Wölbung nach oben (konvex) aufs Dach kamen. Zu entdecken, welche Nonne und welche Mönch hießen, erfordert bis heute nicht viel Scharfsinn.

Ein Haus schwimmt im Reiderland

Aus vielen Jahrhunderten haben sich die Berichte über Schrecken und Merkwürdigkeiten als Folge der Sturmfluten an Ostfrieslands Küsten erhalten. Einer von ihnen verbindet mit der Flut von 1570 ein Geschehen, das sogar die Gerichte beschäftigt hat. Ein Bauer aus dem Reiderland dankte Gott, dass er mit Haus und Hof die entsetzliche Flut leidlich heil überstanden hatte. Als er aber, nachdem das Wasser abgeflossen war, sein Weideland besichtigte, traute er seinen Augen nicht: Auf seinen bis zur Dorfkirche reichenden Weiden stand plötzlich ein Haus, das es vor der Flut nicht gegeben hatte. Es war aus dem Groningerland mit dem Erdboden, auf dem es mitsamt Garten und Birken gestanden hatte, hierher angeschwemmt worden. Nachdem sich mit einiger Mühe der Hausbesitzer ermitteln ließ, forderte der Reiderländer diesen auf, sein zu Unrecht und als Folge der Flut hierher verlagertes Haus abzureißen.
Aber damit konnte sich der Mann aus Groningen nicht anfreunden. Er fühlte sich mitsamt seinem Haus auf dem Reiderländer Boden recht wohl, und die Landscholle, auf der es stand, gehöre ja wohl ihm und nicht dem Weidebesitzer. Gott selbst habe es so gefügt, und dessen Willen verlange ja wohl Gehorsam. Das erschien unserem Reiderländer so absurd, dass er den Groninger verklagte, sein Haus wieder zu entfernen. Für das Gericht war das ein schwieriger Brocken, bei dem jeder der Kontrahenten gute Argumente anführen konnte. Ein Fall, wie er im Fernsehen unter den Titel „Wie hätten Sie entschieden?“ gut am Platz gewesen wäre.
Schließlich gelangte das Gericht – wo immer es tagte – zu einem wahrhaft salomonischen Urteil, wie Theodor Janssen 1970 berichtet hat: es verwies tatsächlich auf die erkennbare Fügung Gottes, der sich beide unterwerfen müssten. Also dürfe das Haus aus Groningen im Reiderland stehen bleiben. Aber – und das beweist den Realismus des damaligen Gerichts – der hierher verschlagene Hausbesitzer müsse für den Grund, den er hier beanspruchte, bezahlen. Ob das Gericht auch die Höhe des Grundstückspreises festgelegt hat, verschweigen leider die Dokumente ...

„Frisia non cantat?" Frisia „orgelt"!

Ähnlich abgedroschen, aber unausrottbar wie die Ostfriesen-Witze ist der Spruch „Frisia non cantat". Friesen singen nicht. Dass sie es doch tun, lässt sich heute mit vielen Rundfunk- und Fernsehsendungen beweisen. Aber dass die Ostfriesen mit den Musen auf bestem Fuß stehen, beweisen ihre Orgeln. Es wäre wahrhaftig eine Quizfrage wert, deren Beantwortung beinahe jeden in Verlegenheit brächte: wo steht und spielt die älteste deutsche Orgel? Nicht in Worms oder Köln, nicht in Bamberg oder Würzburg. Nein, im ostfriesischen Dorf Rysum in der Landschaft Krummhörn. Die Orgel dieser Kirche aus dem Jahr 1457 ist seit ihrem Bau beinahe ständig benützt worden und stellt die älteste, voll bespielbare Orgel in ganz Europa dar.

Der Hofnarr als Seeräuber

Für die Ostfriesen, insbesondere in Marienhafe, ist der Seeräuber KLAUS STÖRTEBEKER durchaus kein Verbrecher, sondern eine sagenumwobene Persönlichkeit, die geradezu soziale Verdienste gehabt haben soll. Buchstäblich alles, was man über den Seeräuber im Gespräch mit Einheimischen erfährt oder sich im Turmstubenmuseum der Kirche erzählen lassen kann, ist Legende. Den Höhepunkt erreicht die Verherrlichung Störtebekers, dass ein Konterfei von ihm angeboten wird, das genau den Vorstellungen entspricht, die man sich von einem Piraten wohl macht. Pech für die Heldenverehrer ist freilich die Tatsache, dass das Bild nicht Störtebeker, sondern einen Hofnarren des Kaisers Maximilian darstellt.

Aus der Zeit der Häuptlinge

Die Rüstung war viel zu schwer!

Als Graf ENNO von Oldenburg nach einer Pilgerfahrt ins Heilige Land 1491 ins heimische Ostfriesland zurückkehrte, musste er zu seiner Bestürzung feststellen, dass in seiner Abwesenheit seine Schwester Almuth aus der Auricher Burg durch den Drosten Engelmann entführt worden war. Das konnte er sich nicht bieten lassen. Also warf er sich in seine Rüstung und wollte dem Engelmann (der seinem Namen so wenig Ehre machte) zu Leibe, um Almuth zu befreien. Allerdings war der Drost schon darauf gefasst, hatte die Zugbrücke hochgezogen. So standen sich die beiden Ritter, nur durch den von Eis bedeckten Wassergraben der Burg getrennt, gegenüber und beschimpften sich. Engelmann machte der Unterredung ein Ende, indem er in seine Burg zurückkehrte. Das war für den Grafen Enno zu viel Unverschämtheit. Da der Burggraben vereist war, konnte ihm der Droste nicht entkommen. Mit zwei seiner Begleiter zögerte er nicht einen Augenblick, um statt der Zugbrücke die Eisschicht des Grabens zu benützen und in die Burg einzudringen. Aber unseligerweise hatte er sich verrechnet. Drei stattliche Männer, dazu die schwere Rüstung – das verkraftete die nicht allzu dicke Eisdecke nicht. Ehe es sich der Graf versah, war sie gebrochen, das Wasser schwappte auf, und der empörte Ritter mitsamt Rüstung und Begleitern versank im Burggraben. Auch wenn der nicht zu tief war, fand der gepanzerte Ritter keinen festen Stand, kippte um und – wir wollen es nicht näher ausmalen – ertrank jämmerlich. Über das Schicksal seiner Leute schweigt sich der Chronist aus. Jedenfalls konnten sie dem Grafen auch nicht helfen. Wer sich aufs Eis begibt, muss eben auf sein Gewicht achten – mit oder auch ohne Rüstung.

Körpernahe Mitgift

Wer heute in Ostfriesland über die modischen Ansprüche der Frauen klagt (wer tut das schon?!) vergisst, dass im 16. Jahrhundert die adlige Oberschicht Frauen sozusagen mit Gold aufwog. Sie trugen, hat Ewald Christophers es formuliert, „ihre Sparkasse, nicht zuletzt jedem Freier deutlich sichtbar, auf dem Leibe". Die Kleider der vornehmen und begüterten Damen waren über und über mit Goldplatten oder -plättchen besetzt. „Wenn die reiche Friesin abends ihren Kleidern nach allerhand Verrenkungen endlich entschlüpft war, blieb der Rock aufrecht stehen." (Christophers) So massiv war der Goldbesatz. Das hatte freilich auch seine Schattenseiten. Wenn ein leichtsinniger Ostfriese beim Spiel verloren hatte oder einen Einsatz brauchte, dann warf er dann und wann auch das Goldkleid seiner Frau in die Waagschale. Redensarten wie „Mein Schatz" oder „Mein Goldstück" waren dazumal nur zu berechtigt. Dass reichlich Gold als Schmuck und/oder Mitgift gefühlsmäßig auch auf den Charakter abfärben kann, lässt sich an einer friesischen Spruchweisheit ablesen: „Hest do tovöl an Gold, büst ok lichter kolt." (Wer im Gold schwimmt, ist meist berechnend gestimmt – frei übersetzt!)

Peinliches Missverständnis

In Nesse wohnte im 14. Jahrhundert LÜTET ATTNA, der den Fehler beging, die reizvolle, aber bösartige Okka ten Brok zu heiraten. Als Okka ihm das Leben zur Hölle machte, wandte sich Lütet an seine Schwiegermutter, die inzwischen verwitwet war. Sie hatte Rat für ihn. „Lass dir von meiner Tochter nicht alles bieten – das macht sie nur immer dreister. Setze ihr mit harten Worten den Kopf zurecht. Wenn das aber nichts hilft, bleibt dir wohl nichts anderes übrig, als sie mit dem Tode zu strafen. Nur so kannst du die Schande, die sie über dich bringt, vertuschen."
Das hörte der bekümmerte Lutet gern, zumal da er glaubte, er habe sein Weib endlich zur Einsicht gebracht. Aber das war von kurzer Dauer. Bald schon setzte Okka ihre Bosheiten fort und scheute sich sogar nicht, ihn zum Hahnrei zu machen, was ihn dem öffentlichen Spott aussetzte.

Um nicht selbst das schmutzige Handwerk zu betreiben, sagte Lütet einem seiner Leute eine ansehnliche Belohnung zu, wenn er mit seinem bösen Weib kurzen Prozess machte. So geschah es denn auch. Kaum aber hatte Okkas Mutter Foolke das Schicksal ihrer Tochter erfahren, beschloss sie, sich an ihrem gewesenen Schwiegersohn blutig zu rächen. Vergessen war, dass sie selbst ihm den üblen Rat gegeben hatte. Da zog die Schwiegermutter ohne Zögern mit ihren Mannen von Aurich zur Burg von Nesse, wo der ahnungslose Lütet den frauenlosen Frieden genoss. Dann aber erfuhr er, was seine Schwiegermutter vorhatte, und suchte sein Heil in der Flucht. Bei seinem Vater Hero Attenau in Dornum fühlte er sich sicher. Aber nur kurze Zeit. Denn die empörte Foolke kam hinterher und belagerte die väterliche Burg, bis sie sich wohl oder übel ergeben musste. Übel aber erging es Vater und Sohn. Ohne lange Verhandlung und obwohl der arme Lütet immer wieder darauf hinwies, dass die Schwiegermuter ja selbst den Rat gegeben hatte, wurden die beiden Männer gezwungen niederzuknien und enthauptet. Die Foolke hatte ihre Tochter gerächt und der arme Lütet war einem für ihn tödlichen Missverständnis zum Opfer gefallen. Nicht unverdient, möchte der Chronist hinzufügen!

Neue Seeräuberheimat Ostfriesland

Es lässt sich nicht leugnen, dass Ostfriesland den Vitalienbrüdern, denen die Ostsee verleidet worden war, einen neuen Unterschlupf bot. Dabei war es Häuptling Edo Wiemken am Ende des 14. Jahrhunderts, der sich von der Seeräuberei einen finanziellen Vorteil versprach. Aber auch andere Häuptlinge waren interessiert ins Geschäft gekommen. Dazu gehörten Widzel tom Brok im Brokmerland, Enno in Norden, aber auch Propst Hisko in Emden. In diesem Zusammenhang soll der namhafte Pirat Klaus Störtebeker erstmals am 13. Januar 1396 nach Marienhafe gekommen sein. Ob von den rund 18 Orten, die sich als Geburtsstätte Störtebekers rühmen, die drei ostfriesischen Osteel, Norden und Siel zutreffen, geht aus keinem Dokument hervor.
Aktenkundig aber ist etwas anderes. Die Vitalienbrüder brachten ein mit Gold und Stoffen beladenes Schiff aus England auf. Die an Bord befindlichen Kaufleute wurden in Marienhafe an Land gesetzt.

Der Erfolg und die gewonnenen Reichtümer machten die Räuberbande so übermütig, dass sie dem Schiffer EGGHERD SCHOEFF, dem sie sein mit Bier beladenes Schiff abgenommen hatten, in Marienhafe sein eigenes Schiff wieder verkauften, über dessen Verlust er geklagt hatte. Aber nachdem er von den Seeräubern übers Ohr gehauen worden war, hütete er sich, es ganz mit ihnen zu verderben. Er übermittelte sogar ihre Botschaften an die Kaufleute der Hanse in Brügge. Dabei beriefen sie sich unverschämterweise darauf, dass sie Gottes Freunde wären. Für Widzel tom Brok bedeutete diese Rückversicherung bei Gott, dass er sich in einer Kriegshandlung mit dem Erzbischof von Bremen und den Bischöfen von Münster und Minden in der Kirche von Detern in Sicherheit zurückziehen wollte. Aber die geistlichen Würdenträger zogen es vor, das Gotteshaus im April 1398 anzuzünden, sodass dem darin erstickten Häuptling das Bündnis mit den Piraten schlecht bekam.

Volksheld Störtebeker kam auf einen Trick

Für die Seefahrt von einst mit Segelschiffen und ohne Kaimauern war die Einfahrt in einen Hafen eine Sache der Geschicklichkeit des Schiffsführers bzw. des Steuermanns. Wenn es zutreffen sollte (die Sage ist davon überzeugt), dass Marienhafes Kirche STÖRTEBEKERs ostfriesisches Standquartier war, wo er auch seine Schätze hortete, dann mussten die Schiffe der Seeräuber eine schwierige Einfahrt durch das Störtebekertief bewältigen. Dabei ging ein guter Trick möglicherweise auf die Findigkeit des Seeräubers zurück. Eine Seite der weithin sichtbaren Kirche war mit Kupfer, die andere Seite aber mit Schiefer bedeckt. Je nach der Seite, die ihnen ins Blickfeld kam und sich deutlich von der anderen unterschied, konnten sie ihren Kurs bestimmen. „Das war“, räumt Harm Bents ein, „sehr klug ausgedacht“, damit die schwierige Einfahrt nach Marienhafe sicher gelang.

Klaus Störtebeker als abgewiesener Liebhaber

Es versteht sich von selbst, dass ein Mann mit dem Image eines kühnen Seeräubers über Erfolge bei Frauen nicht zu klagen hatte. (Auch wenn er mit der Tochter des Häuptlings Keno ten Brok verheiratet gewesen sein soll ...) Aber selbst ein STÖRTEBEKER konnte abgewiesen werden. Als er sich bemühte, ein junges Mädchen aus vornehmer Familie nach Piratenart „aufzureißen“, stieß er auf entschiedene Abwehr. Nicht zuletzt, weil die Schöne bereits mit einem Ritter verlobt war. Gewaltsam entführte Störtebeker das Mädchen nach Marienhafe. Im Turmgewölbe der Kirche wollte er sie zur Liebe zwingen. Aber sie weigerte sich standhaft. Ehe sie seiner Kraft erlag, riss sie sich los, stürzte ans Fenster und sprang in die Tiefe. Tragisches Ende eines Abenteuers, von dem man nicht weiß, ob es geschichtliche Realität oder Erfindung der Sage ist.

Hering als Ostfriesland-Fisch

Die Heimat des Herings ist Holland, wo die ersten Tonnen mit Hering bereits im Mittelalter versandt wurden. Von hier kommt auch der Name: Matjes heißt nichts anderes als „Der kleine Maat“ als Kennzeichnung der noch nicht zum Laichen kommenden Fische. Vom Jahr 1552 ab stieg auch Emden ins Heringsgeschäft ein, das dadurch begünstigt wurde, dass man eine Methode fand, die Fische bereits auf See einzusalzen. Die in Emden regierende Gräfin ANNA CIRKSENA bestimmte, dass die Heringsfischer ihre Ware an Land vorzeigen mussten, damit die Ausfuhr schlechter Qualität verhindert wurde. Auch für die einheimische Bevölkerung wurden die Heringe durch einen Körmeister begutachtet, bevor sie zum Verkauf kamen. So hat es der Auricher Richard Ahlrichs geschildert. Nicht selten wurde eine Tonne Heringe – wie in Verden oder bei der Leipziger Messe – als Gastgeschenk präsentiert.

In Ostfriesland aber kursierte der Kinderspruch: „Wenn't Sönndag ist, wenn't Sönndag is, denn kapt mien Moder Hering, de Vader

kriegt dat Middelstück, de Moder kriegt de Kopp un Stert, wi Kinner kriegt den Rögen!“
Eine traurige Zeit für die Ostfriesen war es, als unter Napoleon die „Kontinentalsperre“ den Heringsfang unterband. Umso größer der Jubel, als 1814 die ersten Fangschiffe wieder einliefen. Fahnen wurden aufgezogen, und Emdens Gasthauskirche läutete eine ganze Stunde lang, damit jeder über das Ereignis Bescheid wusste. Zum Dank für die neue Heringsperiode wurde dem preußischen König eine Tonne mit Heringen zugeschickt.

Der Hund sollte doch mitkommen

Bei den Auseinandersetzungen zwischen Jever und Ostfriesland, die auch das Leben der Regentin Fräulein Maria bestimmten, ging es ohne Kriegshandlungen nicht ab. So hatte Marias Vater, Häuptling EDO DER JÜNGERE, eine Belagerung der Stadt Jever zu befürchten. Um den Ostfriesen zu entgehen, setzte er sich nach Wangerooge ab und schickte Frau und Kinder in Sicherheit nach Wittmund. Das vollzog sich in einer solchen Hektik, dass von den Kindern eines in Jever zurückblieb. Erst in Wittmund entdeckte Edos Frau, dass eines der Kinder fehlte. „Es ist schweerlich to vertalen“, schreibt entschuldigend der Chronist Remmer von Seediek.
Aber zur Ehre der Mutter sei hinzugefügt, dass sie alles daran setzte, ihr verlorenes Kind nachzuholen. Zum Glück sorgte ein hilfsbereiter Jeveraner dafür, dass auch das fehlende Kind heimlich nach Wittmund nachkam. Als die Mutter die kleine Tochter zur Rede stellte, warum sie sich der Abreise nicht angeschlossen hatte, gab diese zur Antwort: „Ich konnte doch unseren kleinen Hund nicht auftreiben, der sollte unbedingt mitkommen.“ Leider berichtet der Chronist aus dem Jahre 1456 nicht, ob das Hündchen bei der nachgeholten Fahrt nach Wittmund doch noch dabei war.

Ordnung muss sein

Als die Pest im Jahr 1497 die erste Frau des Häuptlings EDO WIEMKEN von Jever dahingerafft hatte, heiratete er die Tochter des oldenburgischen Grafen Gerhard, namens Heilwig. Aus dieser Ehe ging das berühmt gewordene Fräulein Maria hervor. Das geschah im Jahr 1500. Während Edos Kinder aus erster Ehe mit Ivese, Teite und Tiader (die wie die Mutter der Pest erlagen) bodenständige friesische Namen getragen hatten, erhielten die Kinder aus der zweiten Ehe die möglicherweise „feineren" hochdeutschen Namen Anna, Christoph und Dorothea. Zwar hatte Edo die jüngste Tochter nach ihrer verstorbenen Mutter Teite nennen wollen. Aber bei der Taufe gab die Gräfin von Oldenburg dem Kind den Namen Dorothea. Auch der Name Marias, der sich wohl auf die Schutzheilige Östringens bezieht, war nicht mehr friesischen Ursprungs. Auf diese Abstufung der Namen zwischen erster und zweiter Gattin hat auf Grund alter Quellen auch Wolfgang Petri in seinem Buch über Fräulein Maria hingewiesen. Die lateinische Feststellung „Nomen est omen" sorgte für Ordnung in der Namensgebung.

Dankeschön für einen Bären

Es spricht für den ostfriesischen Geschichtssinn, wenn die Stadt Esens vor gar nicht langer Zeit in ihrem Mittelpunkt zwischen Marktplatz und Kirche mit der Bronzeskulptur eines Bären an ein Ereignis des 16. Jahrhunderts erinnert hat. Als damals die Stadt unter Häuptling BALTHASAR (eine sicher umstrittene Persönlichkeit ihrer Geschichte) eine erbitterte Belagerung überstehen musste, befand sich in ihren Mauern auch eine der damals häufigen Gestalten: ein Bärenführer. Es war diesem wohl nicht gelungen, beim Anmarsch der Belagerer rechtzeitig das Weite zu suchen. So teilte er denn das Schicksal der Bürger, was bedeutete, dass das Essen immer knapper wurde und die Stadt über kurz oder lang zur Kapitulation gezwungen sein würde. Auch der Bär litt unter dem allgemeinen Hunger. So ist es wohl zu erklären, dass er sich eines Tages selbständig machte und die Zinnen der Stadtmauer erklomm. So trat er auch ins Blickfeld der Belagerer.

Deren Hoffnung auf eine baldige Kapitulation wurde erheblich beeinträchtigt, als sie feststellen mussten, dass die Esenser offensichtlich reichlich Lebensmittel hatten, um auch noch einen Bären durchzufüttern, anstatt ihn als letzten Ausweg auch in die Bratpfanne zu befördern. So taten sie das, was ihnen am klügsten erschien: sie zogen ab. Der Bär hatte Esens gerettet. So fand er – meint die Anekdote – Aufnahme in das Wappen der Stadt und darüber hinaus sogar von ganz Ostfriesland. Dass die Stadtväter ihm neuerdings sogar ein Denkmal widmeten, reiht Esens ein in vergleichbare Bärenstädte wie Berlin oder Bern.

Heirat ist besser als Krieg

Mit einiger Erheiterung lässt sich heute lesen, wie der ostfriesische Graf EDZARD im Jahr 1517 (Fräulein Maria war eben 17 geworden) bemüht war, die Jeveraner Herrscherin „unter die Haube" zu bringen. Dabei dachte er zuerst daran, seinen ältesten Sohn mit Marias Schwester Anna zu verbinden. Als zweite Wahl kam in Frage, dass der zweite gräfliche Sohn Enno Gatte von Fräulein Maria würde. Falls das nicht zu realisieren wäre, dachte Edzard daran, seine und Edos jüngere Kinder zu verheirateten. Wenn aber all dies an unvorhersehbaren Schwierigkeiten scheiterte, wollte der Graf selbst in die Bresche springen und die Ehe mit Maria schließen. Mit beinahe verschwörerischer Heimlichkeit wurden Verträge dieses Inhalts abgeschlossen und auch von Fräulein Maria bestätigt.
Am folgenden Morgen wurde das Abkommen publik gemacht. Graf Edzard „stieg vom Pferd, nahm die Fräulein freundlich in den Arm und versprach, die Verträge innerhalb von sieben Jahren zu erfüllen." (Wolfgang Petri) Da der Ostfriese sich jovial und väterlich gab, bestand kein Grund, sich gegen die solchermaßen in Aussicht gestellte Ehe zu sträuben. Wiards „Ostfriesische Geschichte" gab der statt kriegerischen Auseinandersetzungen durchaus plausiblen Heiratsplanung noch eine besondere Note, indem er behauptete, die Jeveraner Fräulein hätten „die Ohren gespitzt", als sie erfuhren, wer mit wem verheiratet werden sollte. Da aber die Realisierung nicht erfolgte, blieb Maria der Nachwelt als „Fräulein Maria" überliefert und erhalten.

Gut getroffen

Am Zusammenfluss von Leda und Ems lag in alter Zeit eine Festung namens Leerort, die diesen strategisch wichtigen Punkt sichern sollte. Sie war im Jahr 1502 vom Grafen Edzard dem Großen erbaut worden. Wie stark sie war, bewies die Tatsache, dass kein Feind sie je einnehmen konnte, bis sie im Jahr 1712 abgebrochen wurde.

Ihre größte Bedrohung erlebte Leerort im Verlauf der so genannten „sächsischen Fehde" des Jahres 1514. Damals rückten die sächsischen Fürsten mit 18 Kanonen unter dem Kommando des Herzogs Heinrich von Braunschweig vor die Festung. Sie hatten keinerlei Respekt vor ihr und glaubten, das „Lusthäuschen", wie sie es spöttisch nannten, im Handstreich erobern zu können. Aber die Verteidiger der Burg unter der Anführung von Johann van Soest leisteten erheblichen Widerstand und dachten nicht daran, sich zu ergeben. Aber auch das Glück stand ihnen zur Seite.

Der Büchsenmacher und Geschützmeister SICKE hatte seinem fünfzehnjährigen Sohn, für den die Belagerung ein tolles Erlebnis war, erlaubt, selbst einmal eines der Geschütze der Burg abzufeuern. Ob er dabei besonders genau gezielt oder einfach Glück hatte, ist wenig wichtig. Denn die von ihm abgefeuerte Kanonenkugel traf den Herzog Heinrich so zielsicher, dass das Geschoss ihm den Kopf abriss. Noch heute kann man sich gut vorstellen, wie der jugendliche Held für diesen „Volltreffer" gefeiert wurde. Sogar eine Dichterin wie Lulu von Strauß und Torney (1873–1956), die in Bückeburg lebte, ließ sich von dem Spektakel zu einer Ballade anregen.

Der tragische Verlust ihres Kommandeurs erschreckte die Belagerer dermaßen, dass sie es vorzogen, von Leerort abzuziehen. Ganz Ostfriesland war ihnen so unheimlich geworden, dass sie nach diesem Schock das Land verließen.

Ein dauerhafter Schinken

Als die Burg der Werdumer Häuptlinge aus dem Mittelalter vor einiger Zeit (wieder einmal) verkauft werden sollte, kam es bei den notariellen Verhandlungen um ein Haar dazu, dass der vereinbarte Kauf gescheitert wäre. Denn die Käufer bestanden darauf, bevor sie ihre

Unterschrift auf den Kaufvertrag setzten, müssten sie erst den Schinken sehen, dessen Schicksal eng mit der backsteinernen Burg verbunden ist.
Damit verhielt es sich so: Wie überall in Ostfriesland musste sich auch Werdums Burg gegen einen Angreifer zur Wehr setzen. Die feindlichen Landsknechte hatten die Burg eingeschlossen und konnten in aller Ruhe abwarten, bis der Hunger die Werdumer zur Übergabe zwang. Tatsächlich gingen die Lebensmittel der Burgbesitzer zur Neige bis – auf einen Schinken. Der war als „eiserne Ration" bisher nicht angeschnitten worden, obwohl bei seinem Anblick allen das Wasser im Munde zusammenlief. Genau das ließ einen der in der Burg Eingeschlossenen auf eine Idee kommen. Man steckte den köstlichen Schinken auf einen Stock und diesen durch den Schornstein. Während die Belagerer schon mit einer baldigen Kapitulation rechneten, fielen sie aus allen Wolken, als sich der Stock mit dem Schinken zeigte. Wer konnte der Hungersnot nahe sein, wenn er einen so leckeren Schinken besaß?! Unter diesen Umständen wurde eine Fortsetzung der Belagerung sinnlos. Die Soldateska zog sich von der Burg zurück, und Werdums Burgherren konnten endlich die nötige Nahrung beschaffen.
Den hilfreichen Schinken aber hielten sie von jetzt an in Ehren und vererbten ihn von Generation zu Generation und in der Neuzeit von Besitzer zu Besitzer, auch wenn er allmählich auf ein Miniformat zusammenschrumpfte. Als er beim Notar vorgelegt wurde, konnte der Verkauf stattfinden.

Urkunden verschollen

Mag man die Rolle der Häuptlinge im alten Ostfriesland auch noch so wohlwollend verklären – mit Recht und Gesetzen gingen mindestens die Cirksena mehr als großzügig um, wie das Beispiel von Kloster Ihlow beweist. Als die Reformation sich 1529 durchgesetzt hatte, wurde das Kloster von Ihlow (nicht als einziges) von den Grafen ENNO II. und JOHANN – wie man es nannte – säkularisiert, und schon gehörte der stattliche Besitz den Cirksena-Häuptlingen. So kann man zu vermehrtem Besitz kommen.
Ganz wohl war den gräflichen Häuptlingen allerdings nicht. Denn

falls jemand darangehen sollte, in den klösterlichen Dokumenten zu stöbern, könnte sich ergeben, dass nicht alles mit rechten Dingen geschehen sei. Also machten sie kurzen Prozess. Sie gaben den Auftrag, in den Klosterbibliotheken alle Urkunden und Handschriften zu vernichten. Das ging auch über die Bühne. „Deswegen existieren heute über Ostfrieslands mittelalterliche Geschichte auch nur vergleichsweise kümmerliche Quellenbestände“ (Friedemann Rast).

Dichter, Künstler und Gelehrte

Lale Andersens Wahlheimat

Meist wird LALE ANDERSEN (geb. Wilke, 1910–1972) Ostfriesland als Geburtsheimat zugeschrieben, weil die Insel Langeoog als Standort ihres Hauses bekannt ist. Allerdings war sie gebürtige Bremerhavenerin, deren enges Verhältnis zur Nordsee Langeoog zu ihrer zweiten Heimat machte. Viele ihrer Lieder gelten der See, ein Teil von ihnen auch mit plattdeutschen Texten. Langeoog hatte Lale Andersen erstmals 1943 als Zuflucht aufgesucht, als ihre Auftritte im Dritten Reich von randalierenden Nazis mit System gestört wurden, bis man sie ganz untersagte. Der Krieg war kaum vorüber, als Lale an den Bau eines Hauses auf der Insel ging. Bevor es aber dazu kam, hatte sie mit dem von ihr gesungenen Lied „Lili Marleen" während des Zweiten Weltkriegs Weltruhm erlangt. Dieses Lied – mit dem Text von Hans Leip und der Musik von Norbert Schultze – wurde auf der deutschen wie auf der alliierten Seite der Front gesungen. Bekannt gemacht haben es die Soldaten des Senders Belgrad, die es 1941 erstmals auf ihren Plattenteller legten und ein sicher nicht erwartetes Echo, zuerst bei den deutschen Soldaten, fanden. Das Lied und die mit ihm verbundenen Grüße verschafften dem Soldatensender ein gewaltiges Echo, zumal da seine Sendungen durch ihre Lebendigkeit den steifen „Reichsrundfunk" des Dr. Goebbels weit in den Schatten stellten.

Lale Andersens Popularität wuchs von Tag zu Tag, was aber wiederum den Propagandaminister wenig erfreute. Die Gestapo überwachte die mit einem Juden befreundete Sängerin und fand in ihren Briefen an ihn in die Schweiz manches, was den Nazis nicht gefiel. So erhielt der Sender Belgrad Order, die erfolgreiche Platte nicht mehr zu spielen. Die durchaus nicht linientreuen Rundfunksoldaten waren empört. Auch ihre Einladung an Lale, zu einer öffentlichen Veranstaltung nach Belgrad zu kommen, wurde verboten. So hat Lale Andersen den Ursprungsort ihres größten Erfolgs nie besucht.

Zum Glück hielten sich die Belgrader nicht strikt an das Verbot. Zur Beschwichtigung des Propagandaministeriums, das ihre Sendungen argwöhnisch hörte, spielten sie zwar auch die Aufnahme einer ande-

ren Sängerin. Aber – weiß der Himmel, wie es passierte – nicht selten verwechselten sie doch die Platten, und Lale Andersens Stimme klang wieder durch den Äther. Als die Sängerin nach dem Krieg wieder ohne jede Einschränkung (und auch außerhalb Deutschlands) auftreten konnte, feierte sie mit keinem anderen Lied mehr Triumphe als mit der „Lili Marleen".
Bis hierher war von Ostfriesland nicht viel die Rede. Das trat erst nach 1945 in Erscheinung, als die Interpretin stimmungsvoller Lieder vom Meer sich auf Langeoog ein Haus errichtet hatte. Wer die erste Nachkriegszeit miterlebt hat, weiß natürlich, dass Baumaterial damals Mangelware war. Zum Glück war Lale für die britischen Soldaten durch ihr Lied so bekannt, dass sie ihr schon gleich nach Kriegsende als Geste der Dankbarkeit beschafften, was sie für den Hausbau benötigte. Nach und nach baute sie das Haus, das aus einer Baracke entstand, aus. Hier lebte sie, wenn sie nicht auf Tournee war, und hier ist sie auch begraben: Ostfriesin bis in die Ewigkeit. Wer heute an Langeoogs Strand oder vor ihrem Haus entlanggeht, mag vielleicht in seiner Phantasie das Lied hören, das – dank Lale – auch zum Lied Ostfrieslands geworden ist: „wie einst Lili Marleen".

Ein Spitzenjurist aus Norden ist vielseitig

Wetten, dass nicht einmal viele Einwohner von Norden eine Ahnung haben, wer HERMANN CONRING (1606–1681) war. Sagt da einer: der Vater der deutschen Rechtsgeschichte. Stimmt. Aber ein anderer meint: wurde er in Helmstedt nicht Professor für Politik? Ist auch richtig. Fällt einem dritten ein: Conring war doch der Leibarzt der Königin Christine von Schweden gewesen. Ist nicht zu leugnen. Ebenso wenig, dass der König von Dänemark ihn zu seinem Etatsrat machte und er König Ludwig XIV. jährlich (ab 1664) 2000 Francs wert war: eine Summe, von der sich's gut leben ließ.
Kurzum: Ostfriese Conring war ein vielseitiges Genie. Seine Fächer – nach heutigen Maßstäben – lauten: Philosophie, Medizin, Jura, Politik, Finanzwesen. Auf dieses umfassende Wissen könnte selbst ein Einstein neidisch werden. Und die Nordener hätten allen Grund, viel mehr Aufhebens um ihren „bedeutendsten Sohn" zu machen. Immerhin waren in der zweiten Hälfte des 19. Jahrhunderts gleich drei

gelehrte Männer notwendig, um ihn in Büchern zu würdigen. Die schönste Würdigung aber stammt von einem Botaniker, der eine Gattung von Kreuzblütlern mit dem Namen „Conringia“ versah.

Maler Depser aus Franken wird Ostfriese

„Einem Künstler Ostfrieslands“, schrieb der Nordener Jonny Rosendahl vor 20 Jahren, „verlieh die Ostfriesische Landschaft in diesem Jahr das Ostfriesische Indigenat“, also das Heimatrecht. Dabei lebte der Maler ALF DEPSER (1899–1990) erst ab 1937 in Ostfriesland auf der Insel Juist. Geboren wurde er in Nürnberg, bis ihn 1924 eine Krankheit nach Ostfriesland führte, und zwar nach Norderney und ein Dutzend Jahre später nach Erwerb eines Fischerhauses in den Dünen im Loog für seine Familie und sich als Kunsterzieher nach Juist. Die Insel machte ihn schon bald zum ostfriesischen Graphiker und Holzschnitzer, wobei ihn die mittelalterlichen Kirchen Ostfriesland zu beeindruckenden Holzschnitten anregten.
Wie wird ein Franke zum Ostfriesen? Alf Depser hat die Frage häufig gestellt bekommen. Seine Antwort war immer: „Als ich Ostfriesland erst kennen gelernt hatte, musste ich es lieben.“ Daran hat sich nichts geändert. Dabei waren seine Motive nicht nur stattliche Kirchen, sondern auch die Sielorte und die kleinen Schätze des Wattenmeers wie Quallen oder Garnelen. „Ein anderes Leben als in Ostfriesland kann ich mir gar nicht denken“, auch wenn er seinen Ursprung in Nürnberg nicht vergessen hat. Also: ein fränkischer Ostfriese, was sich vielleicht nur für einen freien Künstler verwirklichen lässt.

Ein kleiner Irrtum – erhebliche Folgen

Die Grundlage vom Ruhm des UBBO EMMIUS (1547–1625) bildete sein Kartenwerk über Ostfriesland, das er mit 30 Jahren schrieb. Dazu wanderte er viele Monate lang durch Ostfrieslands Landschaften und verzeichnete Entfernungen und Ortsnamen. Wer mit Kartographen praktische Erfahrungen hat, weiß natürlich, dass sie nicht unfehlbar sind. Das musste auch Emmius erfahren. Popens und Wiesens, die beiden Dörfer in der Nähe von Aurich, liegen nur einen Katzensprung voneinander entfernt. So lässt es sich verstehen und verzeihen, dass Ubbo Emmius sie vertauschte. Zwar zeichnete er beide Orte, nördlich des heutigen Ems-Jade-Kanals, richtig in seine Karte ein, verwechselte aber die Namen. So wurde aus dem östlichen Wiesens das westliche Popens und folgerichtig aus Popens fälschlicherweise Wiesens. Weniger verzeihlich ist freilich, dass sich der Fehler von Emmius als beinahe unausrottbar erwies. Ganze Generationen von Kartographen haben von ihm ihre Karten von Ostfriesland abgeschrieben. Auch das Falsche abgeschrieben, sodass ein Blick auf eine Karte genügt, um festzustellen, dass sie ohne Kontrolle den Fehler von Emmius übernommen haben. Vielleicht machen Sie mal die Probe aufs Exempel: Popens muss näher an Aurich liegen als Wiesens. Stimmt's?

Als Ubbo Emmius unter die Räuber fiel …

In Greetsiel wurde am 7. Dezember 1547 UBBO EMMIUS (1547–1625) geboren, der als Sohn des Pastors Emme Dyken die erste ernsthafte Geschichte Frieslands in lateinischer Sprache (Rerum Frisiarum Historiae decades, 1596–1616) verfasste. Seine Studien führten ihn über Emdens Lateinschule, Bremen und Norden an die Universität Rostock. Später setzte er von 1576 bis 1578 seine Studien in Genf fort, wo aus dem lutherischen Christen ein reformierter Calvinist wurde.

Schon während seines Studiums war Emmius klar geworden, dass ihm für den Beruf des Pastors die Gabe der zündenden Rede fehlte. Statt in Greetsiel die Nachfolge des Vaters anzutreten, musste er sich nach einer neuen Tätigkeit umsehen. Er fand sie 1579 als Rektor an

der Lateinschule von Norden, die er über ein Dutzend Jahre zuvor als Schüler besucht hatte. Jetzt blühte unter seiner Leitung die Schule auf, bis seine dem ostfriesischen Hof nicht genehme religiöse Überzeugung zu seiner Kündigung führte. Über Leers Lateinschule nahm er seinen Weg 1594 nach Groningen, wo er ab 1614 als Professor der neuen Universität seine maßgeblichen Werke schrieb. Niemand kann bezweifeln, dass er zu seiner Zeit Ostfrieslands führender Kopf war.
Als Emmius von Rostock nach Greetsiel zurückgekehrt war, hielt es ihn nicht am heimatlichen Herd. Auch wenn Wege und Stege oft unwirtlich waren, durchstreifte er unermüdlich seine ostfriesische Heimat – als leidenschaftlicher Kartograph und Geograph.
1595 erschien seine Karte von Ostfriesland, die immerhin in den nächsten 200 Jahren keine Konkurrenz fand. „Die Karte stellt, was ihre Genauigkeit und Ausführung betrifft, einen Höhepunkt der Kartographie des ostfriesischen Raumes dar." (Hidde Feenstra im „Biographischen Lexikon für Ostfriesland", 1993).
Bei seinen Wanderungen durch die ostfriesischen Lande schwebte er mehr als einmal in Gefahr, überfallen und ausgeraubt zu werden. Vor allem hatten es zwei Räuber darauf abgesehen, ihm seine Kartenzeichnungen abzunehmen, weil sie argwöhnten, diese Skizzen könnten den Weg zu einem vergrabenen Schatz weisen.
Als sie ihn, um seine Karten zu erlangen, in einem entlegenen Stallraum festgesetzt hatten, wäre er beinahe an Hunger und Durst gestorben. Zu seinem Glück fanden sich die Räuber auf seinen Kartenskizzen nicht zurecht und kehrten zurück.
„Wo ist der Schatz, du Hundsfott?", blafften sie ihn an, nachdem er erst wieder zu Kräften gekommen war.
„Es gibt keinen Schatz", widersprach Emmius.
„Und was soll dein Krikelkrakel sonst?" An etwas anderes als an einen Schatz konnten die Ganoven nicht denken.
All seine Beredsamkeit, die er den Lateinschulen verdankte, musste Emmius aufwenden, um dem Räuberduo klarzumachen, wozu Karten dienen sollten.
„Es war", schilderte der alte Ubbo es später, „die härteste Prüfung, die ich durchgemacht habe."
Aber er kam mit dem Leben davon.

Ein ostfriesischer Nobelpreisträger zieht Bilanz

Mit der Auszeichnung von RUDOLF EUCKEN (1846–1926) durch den Nobelpreis für Literatur im Jahr 1908 – 6 Jahre nach Theodor Mommsen und wenige Jahre vor Paul Heyse und Gerhart Hauptmann – hat eigentlich ganz Ostfriesland eine Anerkennung erfahren. Dabei bleibt es allerdings fraglich, wie viele Ostfriesen sich damals der Bedeutung bewusst waren oder auch heute sind. Mit einiger Resignation hat Eucken in seinen Lebenserinnerungen erwähnt, dass diese Anerkennung in der französischen Presse mehr Beachtung fand als in Deutschland. „Ohne Zweifel waren manche von meinen Landsleuten erstaunt, mich unter jenen Preisträgern zu finden." Der Prophet hat es im eigenen Vaterland immer schwer. Aber es gab auch Lichtblicke.
Der damals berühmte Dramatiker Ernst von Wildenbruch (1845–1909), der eigentlich ein berechtigter Anwärter auf den Preis gewesen wäre, hat Eucken ohne Neid und Ressentiment mit herzlichen Worten gratuliert. Der ein Jahr ältere Dichter (ein Enkel des Prinzen Louis Ferdinand von Preußen, Neffe Friedrichs des Großen) starb bereits im Jahr darauf, ohne möglicherweise später berücksichtigt zu werden. Damals standen deutsche Literaten mit einer gewissen Regelmäßigkeit auf der Liste der Nobelpreisträger.

Hoch- oder Niederdeutsch in Aurich?

Schon im vorigen Jahrhundert bestand der umkämpfte Gegensatz zwischen Hoch- und Niederdeutsch in Ostfriesland. Am Auricher Gymnasium zeigte sich, dass für die das Platt bevorzugenden Schüler aus dem Umland „die deutsche, namentlich unsere klassische Kultur leicht wie etwas Fremdes erschien" (Eucken). Denn wer von Klein auf nur Platt parlierte, hatte mit Goethes Werken nicht geringe Schwierigkeiten. So sah es jedenfalls Rudolf Eucken, der gegenüber seinen Mitschülern anregte, man solle auch im täglichen Umgang nur hochdeutsch miteinander sprechen. Aber nach anfänglicher Zustimmung bröckelte der Anteil der hochdeutschen Auricher Gymnasiasten rasch wieder ab.

Rudolf Eucken selbst bekennt, dass er – „im häuslichen Leben" – sich gern der plattdeutschen Ausdrucksweise bediente. Und das als Nobelpreisträger für Literatur! Aber Eucken gibt selbst eine bis heute gültige plausible Erklärung, indem er auf die frische und knappe, dabei trauliche Art hinweist, die das Niederdeutsche besitzt. „Manche Redensarten und Lieblingswendungen sind kaum hochdeutsch wiederzugeben." Ohne sie ist Ostfriesland auch heute kaum denkbar.

Rudolf Eucken überlebte doch!

Viel hätte wohl nicht gefehlt, und der in Aurich geborene einjährige RUDOLF EUCKEN, der 1908 als Literatur-Nobelpreisträger Weltruf errang, wäre nicht am Leben geblieben. Denn als Kleinkind – eben ein Jahr – griff er, auf dem Schoß seiner Mutter sitzend, hastig in einen Schlüsselkorb, nahm ein kleines Vorhängeschloss und steckte es in den Mund. Im Nu hatte er es verschluckt. Das Entsetzen bei der Mutter und den in panischer Angst herbeigerufenen Ärzten war groß. Zwar schaffte es die Mutter, das Schloss wieder aus dem blutüberströmten Hals zu ziehen, aber sie fiel – verständlicherweise – in Ohnmacht. Danach war die Diagnose des Hausarztes wenig tröstlich: „Lassen Sie das Kind in Ruhe sterben." Aber das Kind überlebte doch.

Noch ein zweites Mal, wenige Jahre später, konnte Eucken sich dem Votum der Ärzte widersetzen: ein Augenleiden nach dem Scharlach ließ den Arzt diagnostizieren: „Ihr Rudolf wird das Augenlicht verlieren, blind werden." Immerhin hatte man das Kind wochenlang in völligem Dunkel gehalten. Vielleicht retteten die Augen, die im Lauf der Zeit immer besser wurden, Eucken erneut das Leben: er wurde für den Militärdienst untauglich geschrieben: 1870 war er kräftige 24 Jahre!

Bleibt die Frage: ist es das falsche Urteil der damaligen Ärzte oder die im Grunde kernige Natur, die Eucken am Leben hielt?

Ein Ostfriese altert nicht so schnell

Unsere Universitäten und unsere sozialen Nivellierungen haben es fertig gebracht, erfahrene Professoren bei Erreichung des so genannten Rentenalters mit oder gegen ihren Willen in den Ruhestand zu schicken. Mit 65 Jahren dachte Rudolf Eucken nicht daran, die Universität Jena um seine Emeritierung zu bitten. Als er 1920 mit 74 Jahren – als „Grufti" also – über diese Möglichkeit nachdachte, stellte er fest: „Meine Vorlesungen zeigten kein Sinken, das letzte Semester, in dem ich las, zeigte die höchste Hörerzahl, welche ich je in der akademischen Tätigkeit erreichte." Wenn Eucken sich dennoch 1920 für den Ruhestand entschloss, tat er es aus seiner Meinung, er müsse sich nunmehr – in einer Zeit nach dem Zusammenbruch und der sich anbahnenden Inflation – seinen „philosophischen und nationalen Aufgaben widmen". Diesem Ziel ging der ostfriesische Gelehrte, vom Alter kaum gezeichnet, noch sechs Jahre nach, überlebte also das heute übliche Rentenalter um fruchtbare 15 Jahre.

Ostfriese Eucken in Husum

Wer weiß schon in Husum, dass 1868 zu Lebzeiten Theodor Storms der spätere Literatur-Nobelpreisträger RUDOLF EUCKEN als Oberlehrer an Gymnasium und Realschule hier wirkte. Eucken, der weiter reichende wissenschaftliche Pläne im philosophischen Bereich hatte, übernahm nur ungern diese Aufgabe. Aber er fand bald Gefallen an der Stadt, auch wenn ein Ostfriese, der aus Berlin hierher geschickt wurde, nicht gerade auf offene Türen stieß. Gesellschaftlichen Anschluss fand er zunächst kaum. Aber der Umgang mit den Schülern und die Sympathie des Gymnasialdirektors Gidionsen entschädigten ihn. „Die Schüler", so Euckens Urteil, „glichen in mancher Beziehung den Ostfriesen; manche von ihnen verstanden auch die friesische Sprache; ich habe nie die mindesten Schwierigkeiten mit ihnen gehabt." Dagegen fand er zu Storm kein engeres Verhältnis. Den größten Mangel in Euckens Augen bildete freilich das Fehlen eines Waldes. Aber der immer auf versöhnenden Ausgleich bedachte Eucken wusste Husum dennoch zu schätzen: „Das Meer lag nahe, die Heide bewährte ihren stillen Zauber, eine alte Kultur sprach aus manchem Bauwerk, die Tüchtigkeit der Einwohner unterlag keinem Zweifel." So unverbindlich tat Eucken keinem weh. Einen nahe liegenden Vergleich zwischen Ost- und Nordfriesen (von den Schülern abgesehen) hat Eucken in seinen Lebenserinnerungen nicht angestellt – schade!

Reichspräsident Eucken?

Nein, das hat es natürlich nie gegeben. Aber nachdem 1925 Reichspräsident Ebert unerwartet gestorben war, musste man sich Gedanken über den bestmöglichen Nachfolger machen. Es gab in internen Gesprächen nicht wenige, die sich RUDOLF EUCKEN in diese moralisch maßgebliche Stellung gewünscht hätten. In der Tat – der Nobelpreisträger wäre, auch gegenüber dem Ausland, ein würdiger Präsident gewesen. Aber es gab Einwände: Eucken, damals bereits 79 Jahre alt, wäre zu alt. Der Hinweis war verständlich. Der Mann, der anstatt von Eucken 1925 gewählt wurde, war erheblich jünger: nämlich ein Jahr! Er hieß Hindenburg. Acht Jahre später berief er Hitler zum Reichskanzler . . .!

„Ostfriesen-Universität" Göttingen

Ostfriesen, die vor 100, 150 Jahren ein Studium beginnen wollten, dachten zuerst an Göttingen. Das lag Ostfrieslands Städten am nächsten. Was unter heutigen Maßstäben als bescheiden gilt, war damals beachtlich. Göttingen hatte 700 Studenten. Die Reise dorthin, die Rudolf Eucken 1863 antrat, über eine Strecke von 400 Kilometern, verlief gewissermaßen auf Stottern: mit der Postkutsche von Aurich nach Emden zur Eisenbahn. Von Emden führte die Fahrt über Osnabrück und Minden nach Hannover, von wo es – nach eintägiger Erholungspause – nach Göttingen ging. Dass hier außer Ostfriesen und anderen Landsleuten auch Briten, Schotten, Ungarn und Amerikaner studierten, imponierte dem Auricher erheblich. Dass der angehende Student damals für sich und seine Mutter eine kleine Etage an Göttingens Markt mieten (und bei bescheidenen Mitteln auch bezahlen) konnte, muss Studenten von heute wie ein Märchen erscheinen. Wer über Ostfrieslands Grenzen nicht hinausgekommen war, dem musste Göttingen, die Provinzstadt mit akademischem Glanz, als Angelpunkt der großen Welt erscheinen. Was die Stadt im Vergleich zu Aurich – damals – zweifellos war.

Hans Fallada – ostfriesischer Pommer oder pommerscher Ostfriese?

Heute wagt kaum eine Behörde, mit ihren Beamten zu tun, was einst im alten Preußen selbstverständlich war: eine Versetzung an einen anderen Ort. So kam es, dass Vater Ditzen (ursprünglicher Familienname des Schriftstellers) seine vier Kinder an vier verschiedenen Orten zur Welt kommen sah: in Hannover, Beuthen, Berlin und – Fallada – in Greifswald. Also Pommer? Nicht doch – denn der Vater dieser an vier Orten zur Welt gekommenen Kinder war nun einmal Ostfriese. Was weder die Pommern (wegen Geburtsort Greifswald) noch die Mecklenburger (wegen Wohnsitz in ihrem Land) davon abhält, den Schriftsteller als den ihren zu betrachten. Tote Dichter machen immer etwas her …!

FALLADA selbst hat dieses Dilemma seiner landschaftlichen Zugehörigkeit selbst mit aller Entschiedenheit zu klären versucht. „Allerdings“, so in „Damals bei uns Daheim“, „gerate ich immer noch heute in eine gewisse Erregung, wenn man mich als Pommern anspricht … Nein, wir sind von beiden Eltern her allemal Hannoveraner oder genauer vom Vater her auch noch Ostfriesen, was eigentlich noch feiner als das Hannöversche ist. Denn Hannoveraner gibt es viele, Friesen aber nur wenige.“ Aurich und Leer waren für Fallada die Bezugspunkte in Ostfriesland. Zumal da der Name Ditzen, also Falladas bürgerlicher Name, zu den traditionell ostfriesischen Familiennamen gehört.

Ostfriesische Sonnengucker

Wer Wert darauf legt, eine Wette sozusagen totsicher zu gewinnen, könnte die Frage stellen, wo, in welchem Land, die Sonnenflecken zum ersten Mal entdeckt wurden. Auf Ostfriesland wird wohl keiner setzen. Auch in der Fachliteratur tauchen meist angelsächsische Namen als Entdecker auf, jedenfalls nicht Vater und Sohn Fabricius aus Osteel, die bereits 1611 den Sonnenflecken auf die Spur kamen. Immerhin dauerte es von 1611 noch 232 Jahre, bis H. Schwabe nachweisen konnte, dass die Flecken periodisch auftreten.

Johann Fabricius war das, was man heute einen Hobby-Astronomen nennt. Er wurde nicht müde, den Himmel mit den bescheidenen Fernrohren seiner Zeit zu betrachten. So schenkte er bald auch der Sonne seine Aufmerksamkeit. Als er zuerst die bis dahin unbekannten Flecken zu sehen glaubte, schob er es auf die über die Sonne ziehenden Wolken. Aber auch die von ihm nun beschafften Fernrohre niederländischer Herkunft bestätigten seine sensationelle Entdeckung. Dabei ahnte er nicht einmal, dass der Blick direkt in die Sonne sein Augenlicht gefährden könnte, wie wir heute wissen.

Als JOHANN FABRICIUS (1584–1615), Sohn eines Pastors, sich seiner Sache sicher fühlte, rief er seinen Vater, um diesen zu einer Bestätigung zu veranlassen. In der Tat: auch der Vater sah die Flecken. Aber als Hindernis für eine regelmäßige Beobachtung erwies sich die Gefährdung ihrer Augen. Pfiffig, wie beide waren, kamen sie auf eine Idee. Johann Fabricius richtete sich im Turm von Osteels Kirche einen dunklen Raum ein, in den eine winzige Öffnung das Sonnenbild auf einen Bogen Papier übertrug: eine „Camera obscura". Jeden Tag mit Sonnenschein nutzte Johann Fabricius, um das, was er sah, zu registrieren.

Die Wiederholung der Flecken gab den Sonnenguckern die letzte Gewissheit: die Sonne wies tatsächlich Flecken auf! Aber wie sollte die Nachricht über diese überraschende Entdeckung in die Welt der Wissenschaft gelangen? Am Vorabend des großen Krieges, der schon ein paar Jahre später begann, hatte die Welt andere Sorgen. „Weder in der Literatur, noch im Briefwechsel von Zeitgenossen", beklagt Ewald Christophers, „tauchte der Name Johann Fabricius auf." Sicher hat auch der frühe Tod von Johann Fabricius – mit 31 Jahren und knapp 5 Jahre nach seinem Erfolgserlebnis – Schuld daran, dass der von ihm selbst geschriebene Bericht über seine Sonnenflecken-Forschung weithin unbeachtet blieb. Das Dörfchen Osteel weist auf seinem Friedhof seit 1895 ein Denkmal auf, das den Sonnenguckern gewidmet ist, die im Turm von Osteels Kirche forschten und mit ihrem Erfolg einen Grundstein für Ostfrieslands wissenschaftlichen Rang legten.

Theodor Fontane in Lütetsburg

Verständlicherweise wird der Dichter THEODOR FONTANE fast immer mit der Landschaft Brandenburg in Verbindung gebracht. Dass er für die Vorbereitung eines Buches über Schlösser auch nach Ostfriesland kam, ist weniger bekannt. 1880 war er vom Lütetsburger Grafen Edzard von Knyphausen-Lützburg zur Durchsicht der Familienbücher als Quelle eingeladen worden. Zum Abschied eines für Fontane ungemein reizvollen Aufenthalts fasste er in den letzten Zeilen eines Gedichts zusammen:

„Wer jemals hier Gastfreundschaft genoss,
des Geist spukt stets um das alte Schloss."

Da es inzwischen (mehrfach) vernichtet wurde (mit oder ohne Geist) müssen wir uns auf Fontanes Eindruck von der „alten Nordlandsvilla verlassen". Fontane meinte, dass ihr Stil ein bisschen an die Kirche Wang des Riesengebirges (bei Brückenberg) erinnerte.

Kaum glaublich: ein Farbiger aus USA spricht perfekt Platt

Manchmal ist die Realität erstaunlicher als eine noch so blühende Phantasie. Einen Beweis dafür liefert der aus Boston stammende MARRON CURTIS FORT, der – als Farbiger – zum besten Kenner der plattdeutschen und friesischen Sprache wurde.
Als Lektor der englischen Sprache an der Universität Freiburg wurde er von einem seiner Studenten für Weihnachten nach Vechta eingeladen. Hier lernte er eine Sprache kennen, die er bisher nicht kannte: das Vechtaer Platt, über das er denn auch in Philadelphia seinen

Doktor machte. In und um Vechta hatte sich das herumgesprochen. So schrieb ihm aus dem „Saterland“ (Kreis Cloppenburg) der Gärtnermeister Hermann Janssen und klagte ihm sein Leid: Das Saterfriesisch sei am Aussterben. Ob er nicht – wie in Vechta – helfen könnte? Wie wäre es, wenn er ein Buch schriebe? Das ginge schon, antwortete der Amerikaner, aber eine Gastprofessur müsste er dafür schon haben.
Der Gärtnermeister musste noch zehn Jahre warten, dann stand Fort vor seiner Gartentür. Es dauerte keinen Tag: dann hatte Fort alles notiert, was er brauchte, um Saterfriesisch zu können. Ein Sprachgenie machte es eben möglich, die in einem Sprachwinkel mit den Dörfern Ramsloh, Scharrel und Stücklingen bestehende Abart des Friesischen zu beherrschen. Erst Fort war imstande, das Saterfriesische in eine lesbare Schriftsprache umzusetzen. Den deutschen Germanisten war das zu mühsam. Da musste „der schwarze Ostfriese“, als der er in seinem späteren Wohnort Leer bekannt wurde, einspringen. Mancher Ostfriese hat ganz schön überrascht aus der Wäsche geguckt, wenn ihm ein Farbiger vorhielt: „Könnt i kiin Platt mehr?“ Auch vom ostfriesischen Wetter ließen der Amerikaner und seine Frau sich nicht abschrecken, sondern äußerten eine Meinung, die auch manchem deutschen Urlauber gut anstünde und die Peter Haage, der über Fort in „Merian“ geschrieben hat, so wiedergab: „Je schlechter das Wetter, desto besser die Leute.“

Woher Goethe Ostfriesland kannte

Nach Ostfriesland ist Goethe nie gekommen, so weit er auch – für damalige Zeiten – gereist war. So wird mancher Friese aufhorchen, wenn er – im „Faust II“ hört oder liest:

„Und dieses Leben sollt ihr billig kennen,
das Land wohl kennen, dem es angehört,
das immer da in seiner Fluren Mitte
den deutschen Biedersinn, die eig’ne Sitte
der Freiheit längsten Spross genährt:
das meerumschlungene Land voll Gärten, Wiesen,
den reichen Wohnsitz jener tapferen Friesen.“

Das bezieht sich auf die durch den Bau von Deichen ermöglichte Landgewinnung, die im „Faust II“ geschildert ist und die zu einem Teil auf Goethe-Freund Eckermann zurückging, wie wir im niedersächsischen Elbstädtchen Bleckede erfahren.
Aber da hat Goethe noch einen zweiten Gewährsmann gehabt: JOHANN CHRISTIAN REIL (1759–1813). Der aus Rhaude stammende Mediziner Reil kam als Naturphilosoph durch sein Eintreten für seelisch Kranke mit Goethe in Verbindung. Der Arzt war nicht wenig erstaunt, als Goethe beim Briefwechsel über nervliche und psychische Phänomene unvermittelt von ihm wissen wollte, wie in Ostfriesland neues Land aus dem Meer gewonnen werden konnte. Der Dichter nahm wohl – irrigerweise – an, dass Rhaude, das Dorf östlich der Ems, nicht weit von der See entfernt lag, sodass er Reil für einen kompetenten Deichbaufachmann hielt. Nun, zum Glück reichte Reils Wissen aus, um Goethes Neugier zu befriedigen. Jedenfalls hat mit Reils Informationen auch Ostfriesland zu einem kleinen Teil am Werden des „Faust II“ mitgewirkt. Goethe erfuhr im thüringischen Weimar verlässlich, wie es in Ostfriesland zuging, auch wenn er sich eine Reise ersparte. Reil machte es möglich!

Ehrenrettung von „Bürgerschreck“ Enno Hektor

Wenn in Ostfriesland der Name von ENNO HEKTOR (1820–1874) fällt, denkt beinahe jeder an sein Ostfrieslandlied. Wer wagt heute zu entscheiden, ob der aus Dornum stammende Hektor mit diesem auch bei Ostfriesen umstrittenen Lied seine Heimatverbundenheit dokumentieren wollte oder aber eine ostfriesische Parodie des Deutschlandliedes von Hoffmann von Fallersleben beabsichtigte, das 1841 im Verlag Hoffmann und Campe, der auch Hektor unterstützte, erschienen war. Wer es als Parodie ansieht, könnte Otto Waalckes als eine Art Epigonen von Hektor einordnen …
Hektor gehörte zeitlebens zu den „Propheten“, die in ihren Vaterländern nichts galten. Ein ebenso ungebildeter, wie eingebildeter akademischer oder adliger Pöbel schaute auf Hektor herab, weil dieser als Schreiber in Dornums Gericht seine Familie unterhalten

musste, aber – man denke – nicht einmal das Abitur hatte. Sein Hass und seine Verachtung ließen ihn 1848 als „Bürgerschreck" die Zeitschrift „Der Vagabund" herausgeben, die aber nur ein Jahr lang lebte. Dafür aber strafte er seine hochmütigen Kritiker Lügen, als er 1856 in München zum Dr. phil. promoviert wurde.

Hektors Prüfungsfieber

Wenn es etwas Schlimmeres gibt als das Lampenfieber der Künstler, dann ist es die Prüfungsangst. Für den Dichter ENNO WILHELM HEKTOR wäre sie beinahe zum Schicksal geworden. Nachdem schwierige familiäre Verhältnisse ihn bereits mit zwölf Jahren zum Verlassen der Volksschule zwangen, hatte er das ehrgeizige Ziel, sich mit dem Abitur neue berufliche Möglichkeiten zu öffnen. So hatte er sich schließlich mit 32 Jahren in Nürnberg zur Ablegung des Abiturs gemeldet. Aber die Angst und Aufregung der Prüfung verwirrte ihn dermaßen, dass er angesichts des gymnasialen Rektors, der ihn prüfen sollte, völlig vergaß, seinen Hut abzunehmen. Der Pädagoge musterte ihn einige Augenblicke, ob Hektor wohl den Hut ablegen wollte. Als dies aber nicht geschah und Hektor, ohne seine Nachlässigkeit zu bemerken, „wohl behütet" vor ihm stand, warf ihn der verärgerte Rektor, der eine revolutionäre Provokation vermutete, kurzerhand aus dem Zimmer. So blieb Hektor auch weiterhin ohne Abitur. Erst zwei Jahre später, 1854, gelang es ihm in München, ohne Hut das Abitur – mit der Note 2! – doch noch zu bestehen.

Zum Glück ertrank Hektor nicht

Als der vor dem prüfenden Rektor nicht abgenommene Hut Hektors Hoffnung auf ein endlich bewältigtes Abitur zunichte machte, war der Dichter des „Ostfriesenliedes" völlig verzweifelt. Er sah sich am Ende aller beruflichen Möglichkeiten, sodass er zu Drechslermeister Weiß in eine handwerkliche Lehre gehen wollte. Aber in seiner tiefen

Depression stürzte er sich aus seiner im dritten Stockwerk liegenden Wohnung in die an seinem Haus vorbeifließende Pegnitz. Zum Glück bestand die Pegnitz zunächst – auch damals war die Welt nicht überall in Ordnung und ökologisch einwandfrei! – nicht in einem zügigen Wasserlauf, sondern in einer dicken Schlammschicht. Die bremste den Sturz des Selbstmörders so wirkungsvoll ab, dass er den tiefen Fall unversehrt überstand. Dass ihm das Glück so unerwartet beigestanden hatte, verschaffte ihm neues Selbstvertrauen. Nicht zuletzt stand ihm ab jetzt Bruder Heinrich bei, der ihm nach Nürnberg gefolgt war. So verbindet sich mit ENNO WILHELM HEKTOR nicht die Tragik eines selbst verschuldeten Endes. Wir können sein Lied, das ihn für alle Ostfriesen unsterblich gemacht hat, ohne den Gedanken an einen verzweifelten „Selbstmörder“ genießen:

„In Oostfreesland is't am besten,
Aver Freesland geit der nix. –
War sünt woll de Wichter Mojer,
War de Jungens woll so fix?
In Oostfreesland mag ick wesen.
Anners nargens lever wesen.
Aver Freesland geit mi nix!“

Aus der „Rumpelkammer eines Wahnsinnigen“

Nur wenige „Dichter“ sind so ehrlich wie ENNO WILHELM HEKTOR, der unter dieser Überschrift um 1840 seine ersten Gedichte veröffentlichte. Am 21. November 1820 in Dornum geboren (1874 gestorben), ist sein Name mit der „Nationalhymne“ der Ostfriesen verbunden, deren Motto ist:

„In Oostfreesland is't am besten,
Aver Freesland geit der nix.“

Wie es bei manchem heimatlichen Gedicht der Fall ist, entstanden die Verse nicht etwa in Ostfriesland, sondern an der Ahr in dem Ort

Dernau, wohin Hektor gekommen war, nachdem er 1849 die ostfriesische Heimat verlassen hatte. In sie kehrte er nicht mehr zurück, sondern lebte nach Jahren im Rheinland im deutschen Süden in Nürnberg und München. Der zeitweilig von Depressionen heimgesuchte Dichter fand als „Wahnsinniger" schließlich eine respektable Stellung, als er 1857 in Nürnberg Sekretär der Bibliothek des Germanischen Museums geworden war. Seiner Liebe zu Ostfriesland blieb er treu, als er von Nürnberg aus in ostfriesischem Platt eine Arbeit schrieb, die mit dem Titel „'n grot P'rammel um n' paar Drüpp Natt" Aufsehen erregte. Noch bekannter wurde sein (hochdeutsches) Buch über den „Revolutionsdichter" Ferdinand Freiligrath, dem er sich so eng verbunden fühlte, dass er ihn in seine ostfriesische Welt aufnahm und ihn im privaten Umgang als „Ostfrees-Freiligrath" bezeichnete.

Da bin ich nun in Schilda

Da bin ich nun in Schilda schon
An vier, fünf Jahre wieder,
Im Dorfe, das mich geboren hat
Und diese närrischen Lieder.

Ja, wahr ist's, ob auch wunderlich:
In Schilda bin ich geboren,
Gehöre ohne Frage drum
Auch zu den großen Thoren.

Doch bin ich von den Thoren hier
Noch nicht der allergrößte;
Ich wollt', ich wüsste einen, der
Mich von den anderen erlöste!

O Schilda, wie grau erscheinst du mir!
O süße Heimat, wie sauer!
Vernimmt hier meinen Segensspruch,
Gesprochen voll grimmer Trauer:

Der Teufel hole das ganze Dorf
Und seine Leute, die frommen!
Der Teufel hole den Teufel, der
Mich hier zur Welt ließ kommen!

(Enno Hektor, in seinen „Liedern aus Schilda“)

Ein Wahl-Ostfriese schrieb das beste Platt

Geboren wurde er in Lilienthal bei Bremen, gestorben ist er in Geismar: MORITZ JAHN (1884–1979), der mit seinen niederdeutschen Dichtungen als Meister des ostfriesischen Platt galt. Das hatte seine Gründe. Sein Lehrerberuf führte ihn in die Lehrerbildungsanstalt in Aurich, und aus Sandhorst bei Aurich stammte seine Frau. Und in Buttforde stand das viel besuchte Haus seines Schwiegervaters, sodass er sich dem Raum und der Mundart der Brookmerländer, Harlingerländer verbunden fühlte. So ist es kein Wunder, dass er 1959 für sein dichterisches Schaffen den Fritz-Reuter-Preis erhielt. 1944 hatte ihm die Ostfriesische Landschaft das Indigenat verliehen.

„Wenn ich dich vortragen höre, wie du meine ‚Moorfro‘ liest oder besser auswendig miterleben lässt, dann kann ich mir manchmal gar nicht mehr vorstellen, dass ich das geschrieben haben soll. Aber es muss wohl so sein. Sonst stünde ja mein Name nicht darüber.“ So sagte Jahn einmal, halb ernst-, halb scherzhaft zu Ivo Braak, dem Dichter und begnadeten Rezitator aus Molfsee.

Ostfriesische Dichter unter sich

Über viele Jahre – mal mehr, mal weniger – haben die Schriftsteller Ostfrieslands sich als eine große Familie gefühlt. Besonders die, die das ostfriesische Platt als ihre Dichtsprache ansahen. Als Zeichen dieser Zusammengehörigkeit hat Wilhelmine Siefkes ein paar Verszeilen für Moritz Jahn geschrieben:

„Du haust hum up de harte Eckentafel,
de vulle Kroos. Wat schuumt da krüderge Natt!
Un Fusten tillen hum an dösterge Lippen.
Stark is' un deftig – Jung, wat mundjet dat!
Du büst en Glas, so fien und köstelk slepen,
deep as en Spegel. Bevert neet dien Hand?
En söte Gör stiggt ut de Wien. Wi drinken
hento de lest Drüpp, de bitter brannt."

Franz Radziwill malte seine Landschaften im Atelier

Als die Maler der „Brücke" das Dörfchen Dangast bei Varel am Jadebusen entdeckt hatten, war es für sie nur nebenbei interessant. Der Maler FRANZ RADZIWILL (1895–1983) aber fand in Dangast seine Heimat. Dabei genügte es für den an der Wesermarsch geborenen Radziwill, ein in sich aufgenommenes Bild so exakt zu speichern, dass er es bis in alle Details im Atelier auf die Leinwand bannen konnte.
Zwei Bilder, die er überraschend verkaufen konnte, verschafften ihm das Geld, in Dangast, das er bereits 1921 kennen gelernt hatte, ein Haus zu kaufen. Karl Schmidt-Rottluff hatte den Malerkollegen auf die Atmosphäre des entlegenen Fischer- und Bauerndorfs aufmerksam gemacht, das heute einen Ruf als ruhiges Nordseebad (am Jadebusen) hat.
Als den Maler 1971 das Schicksal traf, dass sein Augenlicht ihn im Stich ließ, entstand kein neues Bild mehr. Halb fatalistisch, halb starrköpfig behauptete er: „700 Bilder sind genug!" Wer sie erlebt, obwohl sie entgegen dem Zeitgeist gegenständlich-naturnah sind, kann es dem Maler gleichtun: Er braucht nicht durch Ostfriesland zu reisen; er findet es in Radziwills Bildern, ob sie – beispielsweise – Dangast oder Zetel zeigen. Das hat dem Wahl-Ostfriesen bis heute keiner nachmachen können.

Der Hund rettete Wilhelmine Siefkes

Keine Zeile würden wir von der ostfriesischen Schriftstellerin WILHELMINE SIEFKES (1890–1984) lesen können, wenn ihr Hund nicht gewesen wäre. Beim kindlichen Spiel in der Höhe des Heubodens trat sie durchs Heu ins Nichts, verlor den Halt und stürzte aus erheblicher Höhe auf den steinharten Boden zu. Es hätte ihr Ende sein können. Zum Glück aber lag unmittelbar unter ihr der Hund Ami, der den Kletterkunststückchen Wilhelmines zu seinem Leidwesen nicht folgen konnte, und wartete auf ihre Rückkehr. So landete das Mädchen nicht hart, sondern weich auf dem Hunderücken. Auch wenn Ami jaulend davonzog, hatte er sie vor dem Tod oder mindestens vor schweren Verletzungen bewahrt.

Insulares zwischen Borkum und Wangerooge

Briefträger, die zu den Inseln flogen

Brieftauben waren in der Geschichte die Vorläufer von Funk und Telefax. So verkündeten schon im Altertum, von der Neuzeit übernommen, Brieftauben den Beginn von Olympischen Spielen oder den Sieg in einer Schlacht.

120 Jahre ist es her, dass das preußische Handelsministerium einen erstaunlichen Einfall hatte: die Ostfriesischen Inseln durch Brieftauben aus ihrer Abgeschiedenheit zu befreien. Die ersten Tauben verbanden mit Nachrichten die Insel Borkum mit Borkum-Riff, wo sich ein Leuchtfeuerschiff befand. 25 aus Belgien nach Borkum gebrachte Brieftaubenpaare wurden nahe dem Leuchtfeuer untergebracht. Geriet ein Schiff in Seenot, konnte eine Taube, die zu ihrem Schlag nach Borkum zurückflog, Hilfe in Gang setzen. Auch andere wichtige Nachrichten wurden zwischen Inseln und Festland durch die Tauben übermittelt.

So erstaunt es nicht, dass die preußische Verwaltung in Berlin auch für Brieftauben eine Dienstvorschrift erlassen hatte, wie Richard Ahlrichs geschildert hat. „Die Fütterung hatte täglich zu ganz bestimmter Stunde und mit den besten Sämereien zu geschehen." … „Das Trinkwasser hatte rein und kühl zu sein." Sogar Badewasser mussten die Tauben haben, und Zugluft oder Unsauberkeit waren verpönt. Zwei Jahre dauerte es, bis eine Taube Bescheid wusste, was von ihr erwartet wurde. Dann konnte sie Menschenleben retten und durch die von ihr übermittelten Nachrichten für Hilfe und Informationen sorgen. Beinahe schade, dass diese schnelle Postbeförderung durch die Technik hinfällig geworden ist. Manchem Postzusteller auf den Inseln oder auf dem Festland möchte man noch heute die Promptheit und Verlässlichkeit der Brieftauben wünschen …!

Wilhelm Busch dichtete auf Borkum

Dass WILHELM BUSCH, der niedersächsische Zeichner-Dichter auf Borkum Urlaub machte, wird von mancher Biographie des Künstlers glatt unterschlagen. Herzlichen Dank, dass eine „Hotelbeschließerin“ auf die Idee kam, Busch um einige Verse zu bitten. Hier sind sie.

Hermine sagte mir, sie wollte,
Dass ich ihr mal was dichten sollte. –
Ich sagte ja! Und also hüh!
Fährt jetzt mein Geist per Fantasie
Nach Borkum, legt sich auf die Düne
Und dichtet was für die Hermine.

Von einer Düne sieht man weit. –
Das Meer ist voller Flüssigkeit.
Das Ostland ist an Möwen reich,
Die jungen Möwen hat man gleich;
Die Eltern aber schrein und tüten
Und schweben über unsern Hüten.
Hier ist der Entoutcas zu loben,
Nicht alles Gute kommt von oben.

Zu Upholm wird das Schaf gemelkt.
Die Kuh will Futter, wenn sie bölkt.
Der Kuhhirt sammelt viele Kühe
Durch lautes Tuten morgens frühe.
Dies weckt den Fremden unvermutet,
Sodass er fragt, wer da so tutet? –

Am Strande aber geht man froh
Erst so hin und dann wieder so;
Man sieht ein Schiff, tritt in die Qualle,
Hat Hunger, steigt in diesem Falle
Zur Giftbutike kühn hinauf,
Erwirbt ein Butterbrot durch Kauf
Und schlürft, wenn man es nötig hat,
Den viel berühmten ‚Dorenkat‘;
Ein Elixier, was, notgedrungen
Durch ein Malör dazu gezwungen
Vor hundert Jahren hierzuland
Der Peter Dorenkat erfand. –

Wenn die Spesen nicht gewesen wären ...

Als die armen Langeooger darangingen, zu Beginn des 18. Jahrhunderts eine neue Kirche zu bauen, hatten sie Großes vor. Der stattliche feste Bau sollte aus den größten Steinen Ostfrieslands entstehen und ein Ziegeldach sollte ihn abschließen. Auf dem Festland wurden Altar und Kanzel angefertigt. Aber auch trotz der Schenkung einer Glocke durch den regierenden Fürsten wollte das Geld für den Bau hinten und vorn nicht reichen.

So wurde der auf Langeoog amtierende Pfarrer-Lehrer BÖTKER auf Reisen geschickt, um im weiten Umkreis Geld für den Kirchenbau zu sammeln. Bis nach Dänemark war Bötker unterwegs, und mehrere Jahre konnte der emsige Geldsammler weder als Lehrer noch als Pfarrer amtieren. Aber als die Langeooger – den Schildaern ähnlich – die gestifteten Summen mit den Spesen verglichen, die für die Reisen angefallen waren, hielt sich beides die Waage. Nur „mit Hilfe von beträchtlichen Zuwendungen aus der Fürstlichen Strandkasse wie von reichlichen Anteilen an reichen Schiffsstrandungen, die der Kirche zukamen, wurde der Bau endlich 1706 noch vollendet." (Johann Tongers). Zu allem Überfluss dauerte es nur elf Jahre, bis die Weihnachtsflut von 1717 den neuen Kirchenbau in die Tiefe des Meeres riss.

So unbeliebt war Langeoog einmal ...

Vergleicht man die Beliebtheit des heutigen Langeoog mit den einstigen Verhältnissen, dann ist der Unterschied erheblich. Als es im 18. Jahrhundert auf Langeoog drunter und drüber ging, weil niemand für längere Zeit hier bleiben wollte, kam der zuständige Fürst auf die Idee, Ansiedler auf die Insel zu holen. Sie sollten Langeoog als ihre Heimat annehmen und damit auch für Ordnung und Fortschritt sorgen.

Um solche neuen Langeooger zu finden, setzte die fürstliche Verwaltung Anzeigen in namhafte Zeitungen dieser Epoche: „Es wird hierdurch männiglich zu wissen gefüget, dass auf der Sr. Hochfürstlichen Durchlaucht zu Ostfriesland gehörigen Insul Langeoog annoch einige Familien angenommen werden sollen; und können demnach der-

oder diejenige so auf besagter Insul sich häuslich niederzulassen Lust haben, sich bei der Hochfürstlichen Ober-Rentkammer zu Aurich zu solchem Ende melden."
Ob das nun – auch nach damaliger Sitte – ein besonders gelungener Werbetext war, darüber lässt sich streiten. Immerhin: das Ergebnis war niederschmetternd: Niemand meldete sich. Langeoog zog niemanden an. Man stelle sich vor, heute erschiene eine vergleichbare Anzeige! So ändern sich die Zeiten.

Eigener Tod auf Langeoog

Als im Lauf des 19. Jahrhunderts die ersten Kurgäste auf die Insel Langeoog kamen, hatten diese ihre eigene Meinung über die Lebensqualität auf der Insel. Insbesondere machten sie sich Gedanken, wie die Insulaner es ertragen könnten, dass sie bei Krankheit oder Unfall keinen Arzt hatten, der ihnen helfen konnte. Aber der wetterfeste bodenständige Langeooger sah darin kein Problem: „Nun ja, dann müssen wir unseren eigenen Tod sterben."

Die Urne kam nach Langeoog

Künstler können sich den Ort, an dem sie ihre letzte Stunde erleben, nicht immer aussuchen. Für LALE ANDERSEN war es die Stadt Wien, in der sie ihr Leben beenden musste. Aber es war für sie selbstverständlich, dass die Urne mit ihrer Asche nirgendwo anders ihren Platz finden durfte als auf Langeoog, wo sie mehr als 25 Jahre ihr Zuhause hatte. So finden wir ihr Grab mit der Urne auf der Insel. Wer ihre Lieder liebt und vielleicht „Lili Marleen" mit einer dankbaren Erinnerung verbindet, kann und sollte sie dort besuchen.

Ein Bademeister stellte etwas dar!

Was heute in den (nicht nur ostfriesischen) Bädern der Kurdirektor ist, das war in den Anfängen des Kurbetriebs der Bademeister. Er musste nicht nur dafür sorgen, dass kein Badegast sich in Gefahr brachte, sondern auch, dass ein gehöriger räumlicher Abstand zwischen männlichen und weiblichen Badenden bestand.
Zu den lange unvergessenen Originalen, die auf Langeoog Bademeister waren, gehörte KASPAR OTTEN. Mit Unmut registrierte er eines Tages, dass einer der Gäste die Abgrenzung der ungefährlichen Bademöglichkeit überschritten hatte und immer weiter hinausschwamm. Kaum hatte er das gesehen, als Otten in sein Signalhorn blies und dem Schwimmer unmissverständlich klarmachte, dass er umzukehren hatte. Während Otten den an den Strand zurückgekehrten Schwimmer empört erwartete, um ihm die Leviten zu lesen, erklärte dieser arrogant: „Wissen Sie denn überhaupt, wer ich bin? Professor Wiesinger aus Göttingen.“ Aber da kam er bei Otten an den Falschen. „Ich bin der Bademeister von Langeoog, und hier habe ich zu bestimmen!“
Überhaupt kannte Otten keine Ehrfurcht vor Rang und Titeln. So wollte man ihm verständlich machen, dass er eine Dame von Stand als „Gnädige Frau“ anzureden habe. Aber der selbstbewusste Bademeister gab darauf die Antwort: „Gnädige Frauen kenne ich nicht. Gnädig kann allein unser Herrgott sein.“ Da konnte ihm kein frommer Ostfriese widersprechen.

Klara Pundts „Schatzkammer“ Memmert

Wer kann heute noch, wo die Supermärkte von Süßigkeiten überquellen, nachempfinden, was es für die kleine Klara (geborene Leege) bedeutete, als im Ersten Weltkrieg zwei Bonbongläser an den Strand von Memmert gespült wurden. Und – o Wunder – sie waren randvoll gefüllt mit bunten Bonbonherrlichkeiten, die das Seewasser verschont hatte. Ob es wohl die gleiche „Ernte“ war, bei der für die erwachsenen Insulaner einige Kanister mit Tee angetrieben wurden? So konnten die Memmert-Bewohner trotz Krieg und fehlendem Tee zahllose Koppkes der köstlichen Flüssigkeit genießen. Als bodenständige Ostfriesen war das sogar wertvoller für sie als die Kiste mit 30 Stücken Butter, die ebenfalls ihren Weg an den Strand von Memmert fand und – dank Wasserkühlung – sich völlig frisch gehalten hatte. Weniger Glück hatte der seinerzeitige Inselvogt Gerd Pundt – Klaras späterer Ehemann –, als 1964 (wie Hannes Flesner festgehalten hat) zahlreiche Säcke Tabak vom Meer auf das kleine Eiland geworfen wurden. Die anfängliche Freude wich schon bald der Enttäuschung: salziges Meerwasser macht den besten Tabak ungenießbar. Freilich – so dankbar die Pundts auch für dieses oder jenes unerwartete Geschenk aus dem Meer waren, die gelegentlich (sogar von Dichter Erich Kästner) erwähnten Fässer mit alkoholischen Köstlichkeiten befanden sich nie darunter. Auf sie hatten ja wohl die Seeleute selbst in Notfällen ein wachsames Auge ... So verklärt die Erinnerung für KLARA PUNDT die einstigen Bonbongläser zum schönsten Schatz, mit dem das Meer sie beschenkte.

Juists Pastor Janus wollte mit der Zeit gehen

Man schrieb das Jahr 1783. Da erreichte den Inselpastor JANUS die Nachricht, dass die Briten die gesundheitlichen Vorzüge von Bädern mit Meerwasser entdeckt hätten. Angesichts der Armut, die damals auf Juist herrschte, meinte der Pastor, dass keine Insel oder Küste geeigneter für solche Bäder in der See sein könnte als sein Juist.

Da Gott als Ansprechpartner in diesem Fall wohl nicht zuständig war, richtete der Inselpastor ein Gesuch an seinen König, der in Berlin regierte. Es war Friedrich II., den die Nachwelt zum „Großen“ gemacht hat. Im Fall des Badens im Nordseewasser aber verhielt sich der große König außerordentlich kleinkariert. Er lehnte den Antrag kurzerhand ab. Damit nahm er der Insel Juist die Chance, zum ersten deutschen Nordseebad zu werden. Das schaffte 1797 – Friedrich II. lebte nicht mehr – die Insel Norderney. Juist aber musste bis 1840 warten, ehe hier die Träume des Pastors Janus in Erfüllung gingen.

Norddeich statt Norderney!

Auch wenn es uns heute selbstverständlich ist, dass vor der ostfriesischen Küste sieben Inseln liegen, die für Urlaub und Kur gern aufgesucht werden, bedeutete der Gedanke vor 200 Jahren etwas ganz Absonderliches. Auf eine Insel wie Norderney fahren, um gesund zu werden? Damit konnte der Auricher Arzt und Landphysikus für ganz Ostfriesland FRIEDRICH WILHELM VON HALEM zwar bei der ostfriesischen Ständeversammlung auf Interesse stoßen. Aber die Kosten ließen den Plan zunächst scheitern. Dass gerade das Inselklima eine besondere Heilwirkung haben könnte, sahen viele nicht ein.

Die nüchternen Rechner schlugen also vor, statt auf Norderney sollte man das geplante Seebad nach Norddeich legen. Damit bliebe den Gästen eine Schiffsreise erspart, und Gästezimmer stünden in Norden eher zur Verfügung als auf der bescheidenen Insel. Auch soziale Rücksichtnahme auf weniger bemittelte Patienten wurde für Norddeich angeführt.

Zum Glück ließ sich von Halem nicht entmutigen. Er sah sich gründlich auf Norderney um und sorgte dafür, dass in vier der 106 Häuser der Insel Wannen für kalte und warme Seebäder aufgestellt wurden und ein so genanntes Conversationshaus als bescheidenes „Kurzentrum" errichtet wurde. Als er schließlich auch den Inselvogt Feldhausen überreden konnte, für die täglichen Mahlzeiten zu sorgen, rang sich sogar die Ständeversammlung zu einer Entscheidung für das Seebad Norderney durch. Bei den damaligen Verkehrsverhältnissen war es kein Wunder, dass von den 250 Gästen der ersten Saison des Jahres 1800 die meisten vom ostfriesischen Festland kamen. Sie waren, wie man heute sagen würde, „reif für die Insel". Norddeichs Chance kam auch noch, allerdings erst später!

Mit Heinrich Heine auf Norderney

Wen wundert's, dass der reiselustige HEINRICH HEINE (1797–1856) – wie in seinen „Reisebildern" festgehalten – zu den frühen Gästen Norderneys zählt. Das war 1825. Begeistert scheint er nicht gewesen zu sein, denn er kann nicht verstehen, dass die zur See fahrenden Inselbewohner sich nach ihrem Eiland zurücksehnen, „wo die Ihrigen, wohl verwahrt in wollenen Jacken herumkauern". Auch wenn die Ostfriesen dieses Unverständnis für insulares Leben sicher hinnehmen werden, hat Heine den auf Norderney getrunkenen Tee so verunglimpft, dass er kaum auf Nachsicht rechnen kann, denn – so Heine – dieser Tee „unterscheidet sich von gekochtem Seewasser nur dem Namen nach". Warum freilich der kritische Ostfriesland-Besucher Heine nach solchem Erlebnis noch zwei weitere Male die Insel Norderney besucht, bleibt sein Geheimnis. Vielleicht war der Tee doch nicht so schlimm ...!

Hefe nur mit Fahne

Wer heute auf die Insel Norderney fährt, bekommt ohne Schwierigkeit, was vor 150 Jahren für Urlaubsgäste nur mit Mühe erhältlich war. Der mit Selbstversorgung in einer Inselwohnung verbundene Aufenthalt war dadurch erschwert, dass die meisten Lebensmittel wie Fleisch oder Gemüse vom Festland bezogen werden mussten und ihre Ankunft vom Wetter abhängig war. „Nur wenn das Fährschiff kam, erhielt die Insel Hefe, sodass dann Brot und Kuchen gebacken werden konnte." (Eucken) Da mussten die kochenden Gäste aus Aurich oder Emden aufpassen, wenn am Hafen die Fahne gehisst wurde, die die Ankunft von Lebensmitteln anzeigte. Etwas freilich gab es immer: Tee, der im Zelt auf dem so genannten Nordstern für die Sommergäste ausgeschenkt wurde.

Vom „tollen" Wedel zum „Königlichen Bade-Commissair"

Der Name des 15 Jahre lang für Norderney zuständige Badekommissars GRAF AUGUST VON WEDEL-NESSE (1789–1841) ist überliefert als Vater des Nordseebades Norderney. Seinem Eifer ist es zu verdanken, dass sich die Badereise auf die ostfriesischen Inseln überhaupt durchsetzte und dass sie sich auf der Insel in geregelter Form vollzog. Vor allem überzeugte er den hannoverschen Hof, dass dieser Norderney zu seiner langjährigen Sommerresidenz machte. Fürstlichkeiten und Adel schlossen sich diesem Beispiel an. Die von Wedel errichtete Spielbank wurde nicht nur von General Blücher, sondern auch von Heinrich Heine und dem jungen Bismarck gern besucht.

Wedels nimmermüde Tätigkeit ließ keinen Teil des Kuraufenthalts unberücksichtigt. Er regelte die Platzverteilung an der „Table d'hôte" ebenso wie die Höhe der Trinkgelder. Er nahm sogar Kühe in den Dienst der Badeverwaltung, um den Gästen und ihren Kindern frische Milch anbieten zu können. „Im Kurhaus arrangierte er den sog. ‚Königlichen Café' oder die Thee-Nachmittage, bei denen der Badekommissar die Gäste ... mit Getränken und Kuchen bewirtete." Sogar eine Kollekte für die Armen der Insel führte er ebenso durch, wie er das wohl erste Kurorchester an der See verpflichtete.

Wer diesen Wedel kennen lernte, konnte sich kaum vorstellen, dass der junge Wedel als Fahnenjunker und späterer Offizier der preußischen Garde durch seinen Wagemut und seine kühnen Eskapaden bald den Beinamen des „Tollen Wedel" hatte, der entgegen dem strengen Reglement den „Pour le Mérite" erhielt, obwohl er damals noch nicht Offizier war. Einige seiner Heldentaten verbinden sich mit der Weser und dem Armeekorps des Herzogs von Braunschweig, in dem er nach dem Frieden von Tilsit diente.

Dabei gelang es ihm, im letzten Augenblick die Brücke über die Weser bei Hoya zu zerstören, während die gegnerische Vorhut bereits in Sicht war. Sein Glanzstück war die Einnahme einer feindlichen Strandbatterie an der Weser, die für uneinnehmbar gehalten wurde. Heimlich nutzte er die Dunkelheit, um mit zwei Matrosen die Weser zu überqueren und die Batterie außer Gefecht zu setzen. Mit seinem Boot ließ er sich am folgenden Morgen von einem englischen Kriegsschiff in Sicherheit bringen.

Weniger Zustimmung fand es, als er nach kurzem Aufenthalt in Ostfriesland in den Dienst der Franzosen trat. So stand er „in dem Ruf, ein wilder, sich keiner Ordnung fügender Mensch zu sein. Keine vernünftige Vorstellung, keine Fügung des Schicksals hatte ihn unter das Joch der bürgerlichen Ordnung beugen können." (Dr. Hermann Soeke Bakker in seiner Biographie des Grafen) Aber eine glückliche Liebe und Ehe machten aus dem wirren Haudegen den eigentlichen Schöpfer des Seebades Norderney und Anreger anderer Bäder. Wie wenige andere verdient er den Ruf, ein „großer Ostfriese" gewesen zu sein. So lesen wir in der Familienchronik der Wedels: „Er war ein Mann von hellem klarem Verstand, treffendem Urtheile und vielen seltenen Eigenschaften ..."

Bismarck schildert Norderney-Urlaub Anno 1844

Als OTTO VON BISMARCK (damals noch ohne Fürst ...) an einem August-Dienstag des Jahres 1844 auf Norderney angekommen war, schilderte er schon bald (die Post brauchte ja ihre Zeit) seinem Vater seine Eindrücke:
„Das Bad ist charmant, namentlich ein herrlicher sandiger Strand, ein schönes, großes Gesellschaftshaus. Des Vormittags nach oder vor dem Bade, wird Kegel geschoben mit riesenhaften Kugeln, außerdem verteilt sich die Zeit auf Whist und Pharaospielen, moquieren und hofieren mit den Damen, spazieren am Strand, Austern essen, Kaninchen schießen und des Abends ein bis zwei Stunden tanzen. Eine einförmige, aber gesunde Lebensweise. Soeben bringt man mir das gebräuchliche Ankunftsständchen, wofür ich einen Taler werde bezahlen."

Lautstarke stille Denkübung

Bescheiden war im 19. Jahrhundert die geistige Versorgung der Inseln. Norderney beispielsweise musste für geistliche Bedürfnisse wie Taufen oder Hochzeiten einen Pfarrer über See anreisen lassen. Der Schulmeister war eher zweiter Güte. Rudolf Euckens Onkel CARL GITTERMANN, Rektor der Lateinschule in Esens, hörte während eines Aufenthalts auf Norderney aus dem bescheidenen Schulhaus ein lautstarkes Getöse, das nicht an einen sinnvollen Unterricht denken ließ. Aber der Schulmeister fand gegenüber dem Rektor aus Esens die richtige Erklärung: „Ich habe nach neuer Methode für meine Jungens eine Stunde stiller Denkübungen eingerichtet." Nun wissen wir also, dass die antiautoritäre Erziehung ihre Wurzeln um 1860 in Ostfriesland gehabt hat ...!

Das kann doch nicht wahr sein

Heute verhüllen die Insulaner von Norderney (und möglicherweise auch von anderen Inseln) schamvoll ihr Haupt, wenn sie lesen, wie ungastlich ihre Vorfahren gegenüber den doch so lukrativen Urlaubsgästen waren. Aber es ist schon wahr, dass die durch Küstenschifffahrt und Fischerei einigermaßen wohlhabend gewordenen Norderneyer den ums Jahr 1800 beginnenden Zulauf von Badegästen gar nicht so gern sahen. „Man ging gar", hat Jörg Trobitzsch geschrieben, „so weit, dass die Fenster des Staatsbades mit Steinen eingeworfen wurden."
Willkommener waren den Insulanern in der Franzosenzeit die satten Einnahmen durch die „Kontinentalsperre" und den damit möglichen Schmuggel. Als das aber der Vergangenheit angehörte, besann man sich darauf, dass auch „Kleinvieh" in Gestalt von Badegästen „Mist macht". Damit befand sich Norderney auf dem Weg „vom Fischerdorf zum Weltbad". Steine gegen Badegäste? Das kann doch nicht wahr (gewesen) sein ...!

Die pfiffigen Spiekerooger

Wir wollen nicht darüber streiten, ob Spiekeroog tatsächlich, wie der Name andeutet, die „Speicherinsel" war, auf der Störtebeker einen Teil seiner geraubten Schätze und Güter versteckte. Andere Schätze brachte ein gestrandetes Schiff der spanischen Armada auf die Insel. Das war im Jahr 1588, und die Spiekerooger kamen auf diese Weise zur Pietà und zu der Kanzel in ihrer Kirche.
Wie pfiffig die Spiekerooger waren, beweist, dass sie die Dächer auf ihren Häusern als massive Holzplatten anlegten. Dabei rechneten sie

damit, bei einer Sturmflut sich selbst aufs Dach steigen und so von oben „trockenen Fußes" das Ende des Sturms abwarten zu können. Ja, sie dachten noch weiter. Wenn die Fluten wahrhaftig noch stärker steigen sollten, könnte sich das hölzerne Flachdach von den Mauern lösen und als Floß mit Menschen irgendwo an Land treiben. Ob und wann das in der Praxis funktionierte, ist leider nicht überliefert.

Naive Wangerooger

Vielleicht sollte man statt „Naive" auch sagen: „Unverschämte". Aber urteilen Sie selbst.

Ein englischer Autor hat berichtet, dass die Bewohner der Insel Wangerooge „mit räuberischen Instinkten" versehen sind. „Ihre Väter", so Erskine Childers, „bestritten den Lebensunterhalt aus Wracks an dieser Küste, und die Kinder erbten diese Schwäche fürs Plündern." (Zitiert nach Trobitzsch)

So sahen sie es nicht gerade mit Begeisterung, als man auf der Insel einen Leuchtturm errichtete, der die Schiffe vor der Gefahr des Strandens schützen sollte. Jahrhunderte alte, lieb gewordene Traditionen gerieten ins Wanken. Schon bald machte sich durch die Schiffe, die heil an Wangerooge vorübersegeln konnten, auch Ebbe in den insularen Kassen bemerkbar.

„Wir haben dat Schietzeug von Leuchtturm nicht gewollt", war die allgemeine Meinung. So kam denn auch einer auf einen guten Einfall. Kurzerhand forderten sie die preußische Regierung auf, sie möge ihnen für die entgangenen Einnahmen aus der traditionellen Strandräuberei Schadenersatz zahlen. Das sahen sie als ihr gutes Recht an. Allerdings war ihre Hoffnung auf einen Ersatz für die nicht mehr strandenden Schiffe ohne Ergebnis. Erst der Fremdenverkehr schaffte einen Ausgleich für ihre Verluste!

Herrscher und Untertanen

Untertanentreue

Zu den treuen Helfern des vorletzten ostfriesischen Fürsten gehörte auch als Kanzler und Geschichtsschreiber des Hofes ENNO RUDOLPH BRENNEYSEN. Als 1734 auf dem Schloss von Sandhorst Georg Albrecht gestorben war, war Brenneysen bettlägrig, sodass er an der Beisetzung nicht teilnehmen konnte. Jedoch trat er beim Kommen des Trauerzugs ans Fenster. Das war zu viel für ihn. Beim Anblick seines im Sarg zur Trauerfeier vorbeiziehenden Fürsten, „dem er als Kanzler mit geradezu vorbildlicher Treue so lange zur Seite gestanden hatte“ (Rudolf Bielefeld), traf ihn der Schlag. So war er auch im Tod seinem Fürsten nahe. Solche Helfer und Untertanen kann sich jeder Herrscher nur wünschen.

Eine verlorene Teeschlacht

Als die Ostfriesen noch keinen Tee tranken, was rund 250 Jahre zurückliegt, tranken sie Bier. Davon machten auch die Frauen keine Ausnahme, was sie behäbig und schwerfällig werden ließ. So hat der Chronist Henrikus Ubbius berichtet: „Die Frauen sind schön, zum Teil aber dem Trunk ergeben und oft schwer berauscht von dem Hamburger Bier.“

FRIEDRICH DER GROSSE, der schon die Kaffeeleidenschaft seiner Untertanen – der Devisen wegen – nicht geschätzt hatte, brachte gleiche Abneigung dem Tee entgegen. Er sah es lieber, wenn Bier getrunken wurde, zu dem der heimische Hopfen angebaut werden konnte und sollte.

Aber da hatte er die Rechnung ohne die Beharrlichkeit der Ostfriesen gemacht. Sie bestanden auch gegenüber ihrem König auf ihrem Tee. Für das Teetrinken sprach, dass die Menschen zwar Genuss, aber keinen Rausch bekamen. So weiß man außerhalb Ostfrieslands nicht,

dass auch im letzten Krieg die Ostfriesen eine größere Ration Tee zugeteilt bekamen als andere deutsche Länder. Denn „Ostfriesische Gemütlichkeit hält stets ein Koppke Tee bereit“, wie die alte Redensart unterstreicht. So verlor eben auch Friedrich der Große seine „Teeschlacht“ gegen die Ostfriesen.
Manchmal geht die Teeleidenschaft freilich zu weit. So musste ein Lehrer aus Wittmund es 1730 hinnehmen, dass er von seinen Vorgesetzten bestraft wurde, weil er während des Unterrichts die Klasse allein gelassen hatte, um seinen Tee zu trinken. Wenn aber Ostfriesen aus finanziellen oder sozialen Gründen ihr Land verließen, war es selbstverständlich, dass sie ihre Teeleidenschaft mitnahmen und in der neuen Heimat das Teetrinken ebenso fortsetzten wie in ihrem alten Zuhause.

Als des Königs Achse brach

Nachdem FRIEDRICH II., den auch die Ostfriesen den „Großen“ genannt haben, 1740 König von Preußen geworden war, hatte er zunächst anderes zu tun, als seine ostfriesische Provinz zu besuchen. Nahezu sieben Jahre vergingen, in denen Friedrich mit den Schlesischen Kriegen beschäftigt war, ehe er nach Emden kam. Das erste, was ihm in Ostfriesland auffiel, war der katastrophale Zustand der Straßenverhältnisse. Sie zu verbessern war eine wahre Sisyphusarbeit. Es dauerte mehr als ein halbes Jahrhundert, bis es im preußischen Staatsarchiv hieß: „Die Heer-Wege sind in der ganzen Provinz sehr verbessert.“
Den Anfang machte ein „Weg-Reglement im Fürstentum Ostfriesland“. Der König hatte für die Straßen bestimmt, „dass noch in diesem Jahr zur bequemen Jahreszeit ohnfehlbar gemacht, damit successive continuieret und mit mehreren Ernst und Nachdruck als bisher dahin gesehen und darauf gehalten werden soll, dass solche künftig gefertigte und im brauchbaren Stand gesetzet auch hinführo unterhalten werden.“
Der König sprach mit seiner Mahnung, die noch vor seinem nächsten Besuch (in Aurich) erlassen wurde, aus eigener Erfahrung. Mit seiner Reisekutsche, die ihn einigermaßen bequem und sicher durch das alte Preußen geführt hatte, erlebte er in Ostfriesland bald eine Havarie.

Noch ehe Emden erreicht war, fehlte bei zwei Achsbrüchen wenig, dass Friedrich in Schlamm und Morast gestürzt wäre. Die Flüche der Kutscher machten deutlich, was der König empfand. Ins Deutsch unserer Tage übersetzt, wies der König an: „Solche Straßen sind unserer Untertanen unwürdig. Auch die Friesen sind Menschen, die ohne Katastrophen von Ort zu Ort gelangen müssen." Noch auf der Reise gab er bis in Einzelheiten an, was zu geschehen hatte. Zuletzt waren es tatsächlich nicht weniger als 21 Punkte, in denen der Verkehr in Ostfriesland neue Maßstäbe erhielt. Kein Wunder, dass Carlyle in seiner „Geschichte Friedrichs des Großen" feststellen konnte: „Ostfriesland ist innerhalb dieser sechs Jahre zu wunderbarer neuer Betriebsamkeit erwacht, durch den neuen Landesherrn angeregt und geleitet, der außer den bereits in Angriff genommenen, noch andere große Dinge für dieses Land plant."

Wer hat hier das Sagen?

Ob diese Anekdote sich wirklich zugetragen hat, soll hier nicht entschieden werden. Denn die Norweger erzählen sie sich in ähnlicher Weise, allerdings von Wilhelm II. Immerhin: ostfriesische Art kann kaum besser charakterisiert werden als in der Geschichte von der Schiffsfahrt von Preußenkönig FRIEDRICH II. auf der Ems.
Dazumal waren Schiffe in jedem Fall Segelschiffe. Als der große Friedrich sich einem Schiff anvertraut hatte, das ihn unter einem erfahrenen Kapitän auf der Ems dahintrug, kamen plötzlich widrige Winde auf, die den König beunruhigten.
„Ihr habt falschen Kurs", raunzte Friedrich den Kapitän an. „Bei diesen Böen müsst ihr …"
Aber er kam nicht weiter.
Der Kapitän war zwar sein Untertan, aber das hielt ihn nicht davon ab, während er Steuer und Segel unter Kontrolle hatte, dem König klarzumachen: „Majestät, ihr mögt in Potsdam bestimmen, was ihr wollt. Aber hier an Bord hebb allein ich dat Seggen. So ist das nun einmal auf dem Wasser, Majestät."
Der König verzog zwar das Gesicht, aber er widersprach nicht. Schon wenige Minuten später erwies sich, dass der vom Kapitän eingeschlagene Kurs richtig war.

Focke Frerichs war unschuldig

Nach Ostfrieslands „Griepeltied" konnte es vorkommen, dass einem, der große Sprüche machte und den Mund gar zu voll nahm, die Mahnung zuteil wurde: „Denk an Focke Frerichs!" Das reichte meist aus, um einen Großsprecher zum Schweigen zu bringen. Denn erschossen wie FOCKE FRERICHS wollte niemand werden. Allerdings sind seitdem – also seit 1810 – so viele Jahre vergangen, dass die Schwätzer von heute auch durch den Hinweis auf Focke Frerichs nicht mehr gebändigt werden können. Grund genug, an dieses Stück ostfriesischer Vergangenheit zu erinnern.

Im Jahr 1810, zur Zeit Napoleons, wurde auch das östlich der Ems gelegene Ostfriesland unter französische Herrschaft mit einem Präfekten als Hüter der Gesetze gestellt. Die Franzosen brauchten seekundige Schiffer, und Aurichs Präfekt nahm dafür die Fehnbewohner um Timmel in Aussicht. Der Einfachheit halber lud er die Mehrzahl der in Frage kommenden Fehnbewohner gemeinsam ein, soweit sie den Antrag gestellt hatten, von dem Zwangsdienst befreit zu werden. Auf dem Weg nach Aurich stärkten sich die Matrosen in spe in jedem Wirtshaus am Wege und fühlten sich beim Beginn der Verhandlungen in Aurichs Schloss so stark, dass sie den überraschten Präfekt in Angst und Schrecken versetzten. Fenster und Kronleuchter des Verhandlungsraums gingen zu Bruch, und aus einer Diskussion wurde ein vom Alkohol beflügelter Tumult, sodass der Präfekt die Flucht vorzog. Aber der Triumph der Seeleute war von kurzer Dauer, denn der Präfekt setzte seinen Willen mit Hilfe von Militär durch. Die tatsächlichen Aufrührer zu fassen, war nicht so einfach, denn die Schuldigen hatten sich rechtzeitig ins Moor in Sicherheit gebracht. Geblieben war freilich Focke Frerichs, der im Wirtshaus von seinen „Heldentaten" in Aurich lauthals geprahlt hatte. Jetzt brachte ihn das vors Kriegsgericht, das ihn kurzerhand zum Tode verurteilte. Da half es dem armen Focke nichts, dass er seine Unschuld beteuerte und seine Angeberei zurücknahm. Zu seiner Verteidigung führte er – allerdings vergeblich – unentwegt an: „Mien Hanne habben nicks verbrooken, mien Mund hedd mie't andaan." Wer sollte ihm das jetzt glauben? Die französischen Herren gewiss nicht. So machten die Gewehre eines Erschießungskommandos mit Focke Frerichs Leben ein Ende. Daher hatte die spätere Mahnung, auch wenn sie heute vergessen ist, als letzte Warnung an prahlende Maulhelden ihre volle Berechtigung: „Denk an Focke Frerichs!" Denn dem half es gar nicht, dass er unschuldig gewesen war und dass seine Hände das nicht getan hatten, was sein Mundwerk behauptete.

Kiebitzeier für Bismarck

Die Bürger von Jever haben viele Jahre ein enges Verhältnis zum Kanzler OTTO VON BISMARCK (1815–1898) unterhalten, weil sie dadurch ihre Verbindung zu Preußen dokumentieren wollten. In der noch heute betriebenen Gaststätte „Haus der Getreuen“ saßen die Honoratioren der Stadt zusammen. Weiß der Himmel, wer vor über einem Jahrhundert auf die Idee kam, Bismarck jeweils zu seinem Geburtstag am 1. April die erste Ausbeute an gesammelten Kiebitzeiern zu schicken, die der essfreudige Fürst mit Genuss vertilgte. Auch nach der Entlassung 1890 setzten die wahrhaft „Getreuen“ diese Praxis fort. Und natürlich ließ sich der Kanzler auch nicht lumpen und bedankte sich für den Eiergenuss mit einem silbernen Gegengeschenk. Bis heute werden diese Bismarck'schen Zeugnisse für ostfriesische Anhänglichkeit in Jever aufbewahrt.

Madame Reemtsma sprach Klartext

Mitte des 19. Jahrhunderts war die Frau „Kommerzienrat“ REEMTSMA in Emden eine stadtbekannte Persönlichkeit. Der Reichtum ihres Mannes gab ihr Ansehen, minderte aber nicht ihre Neigung, Herz und Zunge auf dem rechten Fleck zu haben. Als 1867 das Kommen von Preußenkönig Wilhelm I. und Bismarck nach Emden angekündigt wurde, sah sie es als selbstverständlich an, dass Bismarck bei ihr wohnte. Der spätere Reichskanzler genoss es dabei durchaus, wenn er durch die lustige Madame Reemtsma über Klatsch und Tratsch in Emden informiert wurde.

So schlug er bei der Abreise vor, die Dame Reemtsma sollte doch bei der Fahrt zum Bahnhof neben ihm im Landauer Platz nehmen. Das war ein Angebot, das sie nicht ablehnen konnte. Während die Pferde die Kutsche durch Emden zogen, erzählte Bismarck der munteren Madame von seiner Studentenzeit in Göttingen. „Da ging es nicht zu wie unter Betschwestern“, gab Bismarck zu, „jedenfalls habe ich eine sehr bewegte Vergangenheit gehabt.“ Ebenso höflich wie geradezu stimmte die Kommerzienrätin Bismarck zu: „Das sieht man Ihnen auch an, Exzellenz.“ Wie man das auch auffassen mag – Bismarck hatte keine Scheu, über diese Bemerkung herzlich zu lachen. Zum Glück war Madame Reemtsma über ihren Erfolg bei Bismarck so zufrieden, dass sie selbst diese Pointe in ganz Emden erzählte. So können wir uns bis heute daran erfreuen.

„Gute alte Zeit" oder …?

„Der Dienstbote, der sich ja in den meisten Fällen in der Hausgemeinschaft der Herrschaft befindet, ist bei seinem täglichen Zusammensein mit der Herrschaft dieser und denjenigen, welche im Namen der Herrschaft (des Dienstherren) handeln, Gehorsam, Treue und Ehrerbietung schuldig. Im Dienst muß er fleißig und aufmerksam und wahr sein, so daß sich der Herr auf ihn verlassen kann. Wird er getadelt, so muß er den Tadel bescheiden hinnehmen und darf nicht, wie es leider regelmäßig fast geschieht, frech werden." Das waren die goldenen Regeln, die im Jahr 1859 in einer „Dienstbotenordnung für Ostfriesland und Harlingerland" standen und die Onno Poppinga kürzlich wieder ans Tageslicht gebracht hat.

Wer die zahlreichen Paragraphen nachliest, mit denen die Untertanen der Gutsherren in Schranken gehalten wurden, erfährt nicht nur, dass ein kranker Dienstbote kurzerhand auf die Straße gesetzt werden kann, sondern – angesichts der totalen Abhängigkeit besonders erschreckend – laut § 56 auch im Tod eine Null ist: „Stirbt der Dienstbote im Dienst, so braucht der Dienstherr die Beerdigungskosten nicht zu bezahlen." Wer das Wort „braucht" richtig deutet und in der Vergangenheit genauer Bescheid weiß, kann darauf verweisen, dass viele Dienstherren von einst dem Toten und seiner Familie gegenüber großzügiger waren. Was wahr ist, muss wahr bleiben. Aber die „gute alte Zeit" hat neben angenehmen auch weniger sympathische Seiten gehabt.

Kaiser Wilhelm II. auf Norderney

Es war am 18. Juni 1906 – kein historisches Datum, aber ein Höhepunkt für Norderney. Auf seiner Yacht „Hohenzollern" hatte sich Kaiser WILHELM II. der Insel Norderney genähert und wollte mit dem Begleitboot „Sleipnir" zur Insel übersetzen, wo er seinem Reichskanzler Bernhard Fürst von Bülow einen Urlaubsbesuch angekündigt hatte. Denn Norderney war damals „in"! Allerdings hatte der Kaiser das Pech, dass sein Fahrzeug bei Ebbe auf eine Sandbank auflief und – nicht gleich wieder flott kam. So waren Kaiser und Kanzler, wie die Königskinder zur Untätigkeit verdammt und „konnten zueinander nicht kommen". Kein Wunder, dass dieser lächerliche Zwischenfall die Stimmung des Kaisers nicht hob, sodass Bülow danach als seinen Eindruck festhielt: „Der Besuch war charakteristisch für die seltsame Mischung aus Liebenswürdigkeit und Derbheit, die Wilhelm II. eigen ist."

In Ostfriesland ist der „Butenlanner" nicht erwünscht

Eine „sture" oder besser standhafte Ostfriesin ist 1933 (und danach) WILHELMINE SIEFKES gewesen. Kein „Heil Hitler" kam 12 Jahre lang über ihre Lippen. Von keiner Organisation – ob Lehrerbund oder Volkswohlfahrt – ließ sie sich vereinnahmen. Lieber nahm sie die Entlassung aus dem Schuldienst in Leer auf sich. Auch ihrem Bruder, der sich nie mit Politik abgegeben hatte, platzte einmal der Kragen, als er Bekannten gegenüber meinte, der „Butenlanner" Hitler maße sich zu viel an. Das genügte. Der – leider wohl auch ostfriesische! – Denunziant gab die Äußerung weiter, und eine fristlose Entlassung war die Folge. Wilhelmine Siefkes hat in ihren „Erinnerungen" die ganze Willkür und Tragik im Alltag des Dritten Reiches in Ostfriesland geschildert. Immerhin – dass es auf einer „demokratischen" Grundlage beruhte, bewiesen die 70 % Ostfriesen, die in der letzten freien Wahl für Hitler stimmten. Sie hatten dem „Butenlanner" gutgläubig ihr Schicksal anvertraut.

Hitler im Blick eines Ostfriesen

Zu den Büchern, die Zeitgenossen und Nachgeborenen ein ungeschminktes Bild des „Führers" vermitteln, gehören die „Tischgespräche im Führerhauptquartier" zwischen 1942 und 1943. Ihr Verfasser, HENRY PICKER, war Ostfriese: Sohn des Wilhelmshavener Senators Daniel Picker und Landrat in Norden. Er kam in die engere Umgebung Hitlers, weil dieser dem Vater Picker als Marine-Experten zu Dank verpflichtet war. Dass Picker an Hitlers Tafel trotz seiner Jugend als Ostfriese auffiel, veranlasste Hitler zu mancher spöttischen Bemerkung, die sich besonders auf die Neigung Pickers zu deftiger ostfriesischer Kost bezog. So machte der junge Mann gegenüber Hitlers vegetarischer Kost aus seiner Vorliebe für rohen geräucherten Oldenburger Schinken keinen Hehl. „Wenn der Picker Schinken sieht", meinte Hitler scherzhaft, „geht bei ihm auch jede Ideologie in die Binsen."

Es war geradezu ein Sakrileg, als Picker nach einjährigem Dienst im „Führerquartier" im August 1943 unter Hinweis auf seine Heimatverpflichtungen um die Erlaubnis zum Weggang bat. Wer gab damals freiwillig die Ehrenstellung in Hitlers Bannkreis auf? Nachdem Hitler ein paar Tage „seinem" Ostfriesen gezürnt hatte, rang er sich schließlich zu der Frage durch: „Was hat Ihnen denn bei uns nicht gefallen, dass Sie gehen wollen?" Ehe Picker eine passende Antwort geben konnte, platzte der aus Berlin stammende Richard Schulze heraus: „Ihr Essen, mein Führer! Dr. Picker verträgt die vegetarische Kost nicht!" Selten gab es solches Gelächter an Hitlers Tafel, diesen inbegriffen. Die an diesem Tag gebotene Kost – Graupensuppe, Knäckebrot und eine Käseecke – machte deutlich, dass nicht nur für Ostfriesen die Grenze des Zumutbaren erreicht war …

Gegen das ostfriesische „Mookt wi" war selbst Hitler machtlos

Ein Ostfriese in Hitlers militärischem Umfeld war nicht weit davon entfernt, zum Vorläufer von Otto zu werden. Denn dass Dr. HENRY PICKER, damals Landrat in Norden, mit typisch ostfriesischer

Direktheit frische Luft ins „Führerhauptquartier“ brachte, hat er selbst in seinem Buch „Hitlers Tischgespräche im Führerhauptquartier“ geschildert. Wie es dazumal üblich war, gehörte das zackige „Jawoll“ zum Umgangston der Generalität und der Haltung gegenüber Hitler. Keiner wagte es, sich etwas „ziviler“ auszudrücken – mit Ausnahme von Ostfrieslands Picker. So war sein Humor an Hitlers Tafel eine gern akzeptierte Besonderheit.
Selbst Hitler fand nicht gleich eine passende Reaktion, als Picker statt des gehorsamen „Jawoll, mein Führer“ im heimatlichen Ton auf einen Befehl mit den Worten reagierte: „Mookt wi, mookt wi.“ Immerhin bewies nach ostfriesischem Vorbild auch Hitler Humor, als er mit einer gewissen Feierlichkeit Picker zum „Dr. mookt wi“ ernannte. Selbst in einer Diktatur fand ein Ostfriese seine eigene Tonart.

Ein ostfriesischer Jurist ist schlagfertig

Mit den Juristen hatte Adolf Hitler nicht viel Sympathie, auch wenn sie da oder dort unentbehrlich waren. So musste mancher von ihnen die Sottisen einstecken, die Hitler für die „Rechtsverdreher“ übrig hatte. Wer hätte es dazumal wohl gewagt, seinem „Führer“ zu widersprechen?
Auch Dr. HENRY PICKER, 1942 ins Führerhauptquartier kommandiert, blieb davon nicht verschont. Es war dabei nur Hitlers Pech, dass Picker gegenüber einer dieser Attacken eine überraschende Entdeckung gemacht hatte.
Als er sich in der Wehrmachts-, Telefon-, Fernschreib- und Funkzentrale des Führerhauptquartiers umsah und kurz in ein Telefonat Hitlers hineinhören konnte, fiel ihm auf, „dass alle Telefonate und Fernschreiben Hitlers ... mindestens durch zwei Zentralen liefen, wo sie von Unteroffizieren bzw. Wehrmachtshelferinnen zwangsläufig mitgehört wurden“. Als ausgerechnet an diesem Tag Hitler wieder einmal die Weltfremdheit der Juristen verspottete, schilderte Picker sein Erlebnis und schloss mit der Offenherzigkeit ostfriesischer Mentalität: „Ich kenne keinen Juristen, der Telefonate für ‚geheim‘ halte, wenn ein halbes Dutzend Menschen mithören ... und der Fernschreiben für ‚geheim‘ halte, obwohl ein halbes Dutzend Men-

schen sie bei der Weiterleitung lesen, nur weil oben drüber ‚geheim' geschrieben stehe. Ich würde vorschlagen, dann doch gleich Stalin für unsere Funk-, Telefon- und Fernschreibzentralvermittlung in Berlin Bendlerstraße zu engagieren."
Während die Generäle deutlich verärgert waren, sagte Hitler kein Wort. Aber er hütete sich künftig, in Pickers Gegenwart über die Juristen zu lästern. Und: „begrüßte mich seitdem stets mit Handschlag."

Ein Ostfriese aus Elbing/Ostpreußen

Der Krieg hat es möglich und nötig gemacht. Schon das erste Lebensjahr verschlug Hamburgs 1997 gewählten Bürgermeister ORTWIN RUNDE aus seinem Geburtsort Elbing nach Ostfriesland, genauer gesagt Aurich. „Im Klammerbeutel", wie er selbst es gegenüber einer Sonntagszeitung geschildert hat. Weiter konnte die Flucht des Jahres 1945 kaum gehen. Sie machte aus dem gebürtigen Ostpreußen einen beinahe waschechten Ostfriesen, der auf seine morgendlichen drei Koppkes Tee mit Sahne und Kluntjes nicht verzichten will. Das ist, Originalton Runde, „ostfriesischer Stammesbrauch". So verwundert es auch nicht, dass bei ihm zu Hause ostfriesisches Platt selbstverständlich ist.

Ein weiterer geographischer Sprung brachte Runde 1966 nach 21 Jahren Ostfriesland nach Hamburg – zuerst als Student, dann als sozialdemokratischer Diplom-Soziologe und rasch aufsteigender Politiker, der über den Posten eines Finanzsenators zum 185. Bürgermeister der Hansestadt wurde. So lässt sich unbedenklich sagen, dass Hamburg – je nach Lesart – entweder ostpreußisch oder ostfriesisch regiert wird. Eine „runde" Sache!

Hinweise auf verwendete Literatur

Arends, Friedrich: Erdbeschreibung des Fürstentums Ostfriesland und des Harlingerlandes, Leer 1824, Neudruck 1972
Bents, Harm: Störtebecker – Dichtung und Wahrheit, Norden 1995
Bielefeld, Rudolf: Ostfriesland, Aurich 1924 und Leer 1975
Eckert, Gerhard: Die schönsten Sagen aus Hamburg, Essen 1982
ders.: Ostfriesland, Radtouren, Weilheim 1996
Emmius, Ubbo: Ostfriesland, Frankfurt 1982
Eucken, Rudolf: Lebenserinnerungen, Leipzig 1922
Freyhoff, Ulrich: Seeräuber in Ostfriesland, Leer 1983
Heine, Heinrich: Reisebilder, darin: Die Nordsee, 1826
Krawitz, Rainer: Ostfriesland, Köln, 6. Aufl. 1988
Kalender „Ostfriesland“, zahlreiche Jahrgänge, Norden
Mader/Christophers: Land hinterm Deich, Butjadingen und Ostfriesland, Hamburg 1980
Merian: Ostfriesland und seine Inseln, Heft 3 XXV
Ostfriesland mit Jever und Wangerland, April 1988
Ostfriesische Landschaft: Ostfriesland, ein Lesebuch, 2 Bände, Aurich 1984 und 1986
Petri, Wolfgang: Fräulein Maria von Jever, Aurich 1994
Rast, Friedemann: Ostfriesland kennen und lieben, Lübeck 1990
Siefkes, Wilhelmine: Erinnerungen, Leer 1979
Schmidt, Heinrich: Politische Geschichte Ostfrieslands, Leer 1975
Trobitzsch, Jörg: Die deutschen Nordseeinseln, München 1980
Waalkes, Otto: Das Buch Otto, Hamburg 1980
Wittmund – so ostfriesisch, Hg. Stadt Wittmund o. J.
Zimmerling, Dieter: Störtebeker & Co., Hamburg 1980

Inhalt

HUSUM
HUSUM DRUCK- UND VERLAGSGESELLSCHAFT
Postfach 1480 · D-25804 Husum